길 위에서
배운 것들

바람이 바람을 몰고 지나고

사람이 사람을 몰고 지나는

어둠 내리는 거리에

길 잃은 영혼 하나가

머리에서 발끝까지 얼어붙어

묵묵히 서 있습니다.

__ 〈길 잃은 영혼 하나가〉, 1987년 2월 3일 作

길 위에서 배운 것들

• 신정일 지음 •

루이앤휴잇

누구에게나 슬프고, 가슴 아픈 시절이 있다. 나는 애당초 그런 시절이 없었으면 하는 생각을 했던 적이 많았다. 그러나 살다 보니 그렇게 보낸 세월이, 상처로만 남아 있던 세월이 문득문득 말문을 열게 했다.

… 눈물겹고 아픈 시절이었지만, 지나고 보니 아름다웠다. 그래서 나는 그 시절을 '아름다운 시절'이라고 부른다. 하지만 아직도 넘어설 수 없는 상처를 지닌 집채만 한 파도가 밀려와 나를 아프게 할 때가 종종 있다. 그런 아픔이나 절망은 내가 살아 있다는 하나의 징표인지도 모른다. '강하게 살아남으라, 한 치의 타협도 없이'라는 말처럼 포기하지 않고 살다 돌아보니, 살아온 모든 순간이 운명이고, 인생이었다.

…이 책은 그 시절의 기록이다. 사진 한 장 남길 수 없을 만큼 가난했기에 사진이 없는 것이 아쉽긴 하지만, 되도록 숨김없이 나를 드러내고자 했다.

살아온
모든 순간이
운명이고, 인생이다

누구에게나 슬프고, 가슴 아픈, 그런 시절이 있다. 그 누구에게도 터놓고 말할 수 없는 부끄럽기도 하고, 서럽기도 한 그런 이야기들이.

그렇게 작은 가슴 속에 묻어두었던 이야기를 모두 털어놓고 가는 사람이 있는가 하면, 대부분은 그 누구에게도 그것을 털어놓지 못한 채 이 세상과 작별한다. 나 역시 그런 이야기를 자연스럽게 털어놓을 수 있으리라고는 전혀 생각하지 못했다. 그러기는커녕 애당초 그런 시절이 없었으면 하는 생각을 했던 적이 많았다.

그러나 살다 보니 그렇게 보낸 세월이, 상처로만 남아 있던 세월이 문득문득 말문을 열게 했다. 그 속에서 자연스레 지금의 나를 존재하게 한, 나와 더불어 지낸 사람들의 이야기가 그리움처럼, 험담처럼 조금씩 나오기 시작했다.

사실 아무리 막역하게 지내는 사람이라도 내 어린 시절의 이야기를 속 시원히 터놓고 말할 수는 없었다. 혼자만 간직했던 이야기, 그때가 나의 유년기인 세 살에서 열아홉 살까지의 이야기이다.

누구에게도 말하지 못했던 부끄럽고, 서러운 이야기

나는 산이 높고 궁벽한 산골이라 "정승의 사돈에 팔촌 하나 없다."라는 말이 회자되던 전라북도 진안 산골에서 태어났다.

내가 태어날 당시만 해도 그곳은 한국전쟁의 상흔을 진하게 간직하고 있었다. 그러다 보니 어려서부터 빨치산에 관한 이야기를 수없이 듣고 자랐고, 빨치산은 도깨비처럼 머리에 두 개의 뿔이 나 있을 것으로 생각했다.

그 전쟁의 소용돌이 속에서 할아버지는 돌아가셨고, 아버지는 국민방위군(6 · 25 전쟁 당시 17세~40세 미만의 남자로 조직된 군대)에 편입되어 경남 진주를 거쳐 사천까지 끌려가서 갖은 고생을 다 하다가 돌아오셨다.

아버지의 상처는 그때 이미 치유할 수 없는 지경에 이르렀던 듯싶다. 갈기갈기 찢긴 육신과 마음의 상처를 치유할 사이도 없이 한 집안의 가장이 되었고, 폐허 속에서 다시 시작된 생활은 가난과 불신으로 이어져 결국 자신을 매몰시켰기 때문이다.

훗날 사람들에게 들은 바에 의하면, 당시 아버지는 여러 가지 사업을 벌였지만 대부분 실패했다고 한다.

생각만 해도 아프고 쓰라린 기억들은 그 이후의 것이다.

술을 좋아했던 아버지는 마지막 사업으로 술집을 열었지만, 그것 역시 아버지의 재기를 돕진 못했다. 오히려 더 깊은 나락으로 빠져들었다. 과도한 술과 한 번 배우면 끊지 못하는 아편 같은 도박의 소용돌이에서 헤어나지 못했기 때문이다. 그 결과, 내 상급학교 진학은 좌절되고 말았고, 나는 가출과 출가를 통해 새로운 변신을 꿈꾸었다. 하지만 우연이 아닌 필연이었던지 다시 집으로 돌아올 수밖에 없었고, 그때부터 학교도 다니지 않은 채 책만 읽으며 어정쩡한 삶을 살았다. 그러다 보니 현실적응 능력이 다소 떨어졌다.

한없이 나약하고 게으르고 내성적이었던 내가, 어떻게 그 험난한 인생의 파도를 헤쳐 나왔는지 나 자신도 실감이 나지 않을 때가 많다. 또한, 그렇게 형편없이 살면서도 사는 것과 어울리지 않게 라디오로 클래식 음악을 즐겨 들었고, 한국문학과 세계문학, 세계철학 전집을 비롯해 동서양의 고전을 읽었다.

사실 내 인생은 초반부터 평탄하지 않았다. 기울어진 가세 때문에 어린 시절을 부모님과 떨어져 살아야 했고, 초등학교 2학년 때 예기치 못한 일로 따돌림을 당하면서 고립될 수밖에 없었기 때문이다.

니체는 "내 인생에 역경이 다가왔을 때 가슴이 뛴다."고 했지만, 당시 내겐 '어림 반품어치'도 없는 말이었다. 나는 '세상이 나를 버렸다'라고 생각했다.

지독하게 내성적이었던 나는 뒤늦게 세상의 이치를 깨달았다. 굳이 크게 알아주는 곳이 아니더라도 든든한 울타리가 되어주는 지방 고등학교라도 나오고 이름을 댈 만한 대학이라도 나와야만 그나마 행세하며 살 수 있다는 걸. 뒤늦게 중·고등학교를 겨우 검정고시로 마친 한 인간이 살기에는 이 세상은 너무도 삭막하고 무서운 곳이었다.

나는 항상 혼자였다. 누구도 나를 주목하지 않았다. 어린 시절만 따돌림을 당한 게 아니었다. 나이가 들어서도 사람들과 쉽게 섞일 수 없었다. 사람들은 이방인 같은 나를 받아들이기를 거부했다. 그나마 그런 생각에서 벗어날 수 있었던 것은 "그들이 나를 따돌리면 나 역시 그들을 모두 따돌리자"라고 생각하면서부터다. "남의 평가는 전혀 신경 쓰지 말고 자신을 기쁘게 하는 것만 할 필요가 있어. 거듭 말하지만, 인간은 개별적인 것이고, 행복 역시 개인적인 것이거든." 앙드레 지드의 《배덕자》에 나오는 이 구절을 얼마나 오랫동안 경구처럼 여겼던가. 그렇게 고립된 섬처럼 혼자서 세상을 살아가는 것이 얼마나 팍팍하고 서러웠을까 싶지만, 슬픔과 기쁨, 분노와 증오를 내 것으로 받아들이고 살자고 생각하니 세상 역시 별것 아니었다.

나는 지금껏 살아오면서 취직 한 번 해보지 않았다. 그러니 당연히 월급 한 번 받아본 일이 없으며, 남의 지시 역시 받아본 적이 없다. 오로지 내 방식대로 살았다.

이 책은 그 시절의 기록이다. 사진 한 장 남길 수 없을 만큼 가난했기에 사진이 없는 것이 아쉽긴 하지만, 되도록 숨김없이 솔직하게 나를 드러내고자 했다.

살아온 모든 순간이 운명이고, 인생이었다

나를 지금껏 살게 한 것은 도대체 무엇이었을까. 암흑이나 다름없던 시절에 내가 죽지 않고 살 수 있었던 것은 바로 그리움 때문이었다. 나는 있는지 없는지도 모르는 그 뭔가를, 누군가를 끝도 없이 기다렸다. 그러나 그 그리움은 항상 나를 배반했다. 하지만 또다시 그리움이라는 씨앗이 가슴 깊숙한 곳에서 싹터 올랐고, 다시 알 수 없는 그것을 그리워하며 살았다.

저마다의 방식으로 힘겹게 살아가는 것이 인생이라는 것을 깨달은 것은 오랜 세월이 흐른 뒤였다. 이 나라 산천을 돌아다니다 보니, 그 당시 시대 상황이 그러했고, 나보다 더 험난한 세상을 산 사람도 부지기수임을 깨달았기 때문이다.

눈물겹고 아픈 시절이었지만, 지나고 보니 아름다웠다. 그래서 나는 그 시절을 '아름다운 시절'이라고 부른다. 하지만 아직도 넘어설 수 없는 상처를 지닌 집채만 한 파도가 밀려와 나를 아프게 할 때가 종종 있다. 그런 아픔이나 절망은 내가 살아 있다는 하나의 징표인지도 모른다. '강하게 살아남으라, 한 치의 타협도 없이'라는 말처럼 포기하지 않고 살다 돌아보니, 살아온 모든 순간이 운명이고, 인생이었다.

나는 학연·혈연·지연, 그 무엇에도 기댈 것이 없었기에 수십 년 동안 이 나라 산천을 답사하며 떠돌았고, 그런 경험은 내게 많은 기회를 주었다.

스승이 따로 없이 살아온 나는 오로지 '책'과 '길'에서 세상의 이치를 배웠다. 책과 길이 나의 진정한 스승인 셈이다.

"우리는 성공을 노력과 인간관계의 질이 아니라 월급 명세서 혹은 자동차 크기로 판단한다."라고 말한 마틴 루터 킹 목사의 말이 맞는다면 내 삶은 성공과는 한참 거리가 멀다. 작은 차도 없이 버스를 타거나 발길 닿는 대로 걸어만 다녔기 때문이다.

글을 쓰고 보니 온통 아버지 험담만 늘어놓은 것 같아 송구스럽기 그지없다. 세상에 더 없이 마음이 좋으셨지만 영악한 세상과는 어울리지 않으셨던 나의 아버지. 그 아버지가 오늘 밤 꿈에 나타나 내 등을 두드리며 이런 말을 건넬지도 모르겠다.

"허허, 인자 맘이 좀 편허냐?"

신정일

아픔도 슬픔도 길이 된다 — 머물고 싶은 아름다운 시절

길 위에서 새로운 세상을 만나다 —— 긴 방황, 새로운 삶의 시작

어디서, 무엇이 되어 다시 만나리 —— 그리운 사람, 그리운 시간

에필로그　　　　　　　　　**잊고 싶은 지난날, 이제 기꺼이 사랑하련다**

우리 모두는 여러 가지 소중한 것들을 계속 잃어가며 살지. 소중한 기회와 가능성, 다시 돌이킬 수 없는 감정들. 그런데 그것이야말로 살아가는 의미라 할 수 있어. 우리 머릿속에는 ── 아마 분명 머릿속이라고 생각되는데 ── 그런 것들을 기억으로 남겨두기 위한 작은 방이 있을 거야. 아마 이 도서관의 서가 같은 방일 테지. 그리고 우리는 자기 마음의 정확한 주소를 알기 위해 그 방에 대한 검색카드를 계속 만들어나가지 않으면 안돼. 청소를 하거나 환기를 시키거나, 또는 꽃의 물을 바꿔주거나 하는 일도 해야 할 테고… 바꿔 말하면, 넌 영원히 너 자신의 도서관 속에서 살아가게 되는 거야.

__ **무라카미 하루키,《해변의 카프카》중에서**

아픔도 슬픔도 길이 된다

—— 머물고 싶은 아름다운 시절

나는 내 키를 열심히 재고 있네. 사람의 키란 늘 같은 것이 아니라서 말일세. 인간의 영혼이란 기후, 침묵, 고독 그리고 함께 있는 사람에 따라 눈부시게 달라질 수 있는 것이라네.

__ 니코스 카잔차키스, 《그리스인 조르바》 중에서

흔적조차 없이 사라진 나의 고향 집

그림 속 마을처럼 아득해져 버린 고향

고향에 관한 기억 중 가장 먼저 떠오르는 것은 내가 태어나고 살던 집이다. 그런데 그 집이 어느 틈엔가 형체도 없이 사라져 버리고, 그 자리는 마을 공동 주차장이 되고 말았다. 내 기억 속에 언제나 머물러 있던 집이 현실 공간 속에서 사라져 버린 것이다. 그때부터 내 고향은 단원 김홍도나 겸재 정선의 그림 속 마을처럼 아득해져 버리고 말았다.

어린 시절 살던 집을 떠올려본다. 비록 가난했지만, 우리 가족을 지탱하고, 유년 시절의 추억을 오롯이 간직한 기억의 곳간.

그곳은 총 세 채의 초가로 이루어져 있었다. 어른들이 몸채라고 부르던 본채와 방과 부엌, 그리고 나뭇간, 외양간, 닭장이 있던 아래채, 그리고 헛간과 타고 남은 재를 사용하는 측간(화장실)이 있었다.

마을 중심대로인 큰길 건너편에 모정(茅亭, 정자)이 있고, 작은 골목에 들어서면 담장 옆에 큰 은행나무 한 그루가 서 있었다. 거기서 곧바로 들어가면 상관이 집으로 들어가는 대문이 보이고, 은행나무 옆으로 항상 열려 있는 사립대문이 보인다. 집안으로 들어서면 왼편으로 측간과 나뭇간이 있고, 오른편으로는 거름으로 쓰기 위해 받아둔 소변을 모아두는 큰 항아리가 묻혀 있었다. 그 옆 텃밭에는 뽕나무 몇 그루와 낙엽송 한 그루, 호두나무와 감나무가 나란히 서 있고, 감나무가 그늘을 드리운 그 옆으로 몸채가 쓰러지듯 서 있었다.

측면 2칸, 정면 3칸으로 이루어진 본채에는 방이 골방까지 총 세 개 있었다. 큰 방은 할머니가 기거하는 곳이자 겨울에 삼을 삼거나 사람들이 모여서 일하는 공간이고, 마루 옆에 있는 작은 방은 부모님 공간이었다. 그 방에서 어머니는 나와 두 동생을 낳았다.

본채 뒤가 바로 뒤 안이라고 부르던 곳으로 장독대와 함께 본채에 달린 광이 있었다. 광에는 꿀이며 감, 곶감 등 집에서 가장 귀하게 여기는 것들이 들어 있었고, 그 옆으로 늙은 대추나무 한 그루가 서 있었다.

집을 지탱하고 있는 모든 기둥은 하나같이 못생긴 나무들이었다. "못생긴 소나무가 선산을 지킨다."라는 속담을 따랐는지, 집만 봐도 가난한 집의 전형을 보는 듯했다. 하지만 어찌 보면 아주 해학적인 구조였다. 흡사 안성 청룡사 대웅전을 받치고 있는 기둥이나, 서산 개심사 심검당의 기둥처럼 자연 그대로의 상태인 데다가 S자로 구부러진 채 본채를 지탱하고 있었기 때문이다.

그러다 보니 어린 시절, 아무것도 모를 때도 이런 생각을 가끔 하곤 했다. "산에 가면 쭉 뻗은 나무도 많은데, 어쩌면 저렇게 하나같이 못생긴 나무로만 집을 지었을까?" 하고 말이다. 사실 집을 짓는 것도 곧은 나무로 짓는 게 쉽지, 굽은 나무로 짓기는 절대 쉽지 않았을 것이다. 그 때문에 만일 아직까지 우리 집이 남아 있다면 그런 건축사적 특징만 갖고도 지방문화재로 충분히 등록되고도 남았을 것이다.

본채 바로 서쪽에 자리 잡은 곳이 유일하게 곧은 나무로 번듯하게 지은 사랑채다. 작은아버지 내외가 살기도 했고, 외양간이 있어 소를 키우기도 했다. 그리고 바로 이웃해서 닭장이 있었는데 여남은 마리 닭이 들락거리며 살았다.

마당 한가운데는 제법 큰 바위가 있었다. 나는 가끔 그곳에 걸터앉아 구름이 떠가는 하늘을 쳐다보곤 했다.

저녁녘이면 들일을 나갔던 식구들이 하나둘씩 돌아와 부엌에서 밥을 짓는다. 밥 짓는 연기가 모락모락 피어오르는 그 풍경 속에 작은아버지와 삼촌은 소에게 줄 여물을 잘랐다. 이윽고 모든 식구가 밥상에 둘러앉으면 하루 동안 일어났던 이야기들이 실타래처럼 풀어져 나왔다. 유달리 내성적이었을 뿐만 아니라 외로움을 잘 탔던 나는 그 시간을 가장 좋아했다.

"오늘은 왜 그렇게 더웠디야?"

누구에게도 아니고 자기 자신에게 그것을 묻는 할머니는 꼭 그 뒤에 "언제나 시원하게 비가 올까 모르겠네."라며 하늘을 쳐다보곤 했다.

밥을 먹고 조금 있으면 어둠이 서리서리 내리고 주먹만 한 별이 마당

안에 가득 쏟아졌다. 그때쯤이면 마당 한 편에 쑥이며 잡풀이 뒤섞인 모 깃불을 피우고 멍석을 깔았고, 매캐하게 마당 가득 모깃불 타는 연기가 퍼져 나갈 즈음이면, 할머니가 금방 솥에 쪄서 김이 모락모락 피어나는 감자와 옥수수를 갖고 나왔다. 그것을 나눠 먹으며 도란도란 이야기를 주고받던 시절이 자못 그립다.

사실 우리 집은 건물만 우리 것이었지, 땅은 다른 사람 것이었다. 그 때 문에 할머니가 돌아가신 후 아무도 살지 않자 마을 사람들이 헐어버린 것이다.

기억 속에 고스란히 남아 있는 돌담도 어느 틈엔가 허물어져 흔적조차 없이 사라져 버렸다. 그뿐만이 아니다. 뜨거운 여름날 깊은 그늘을 드리 운 채 땀을 식혀주던 나무들 역시 사라지고 말았고, 겨울이면 고드름이 주렁주렁 열리던 처마, 비가 내리는 밤이면 밤새 들리던 낙숫물 소리, 새 벽마다 '꼬끼오'하며 울어 젖히던 수탉, 행랑채 볏단 속에서 발견되던 계 란, 감미롭고 향긋한 추억을 선물했던 나무, 고즈넉한 풍경을 연출했던 돌담 역시 사라지고 말았다.

어쩌다 고향에 가면 유년의 그 기억이 흔적도 없이 사라져버린 그 자 리에 우두커니 서서 이리저리 둘러보곤 한다. 하지만 그뿐이다. 더는 아 무것도 없다. 불러도 대답하는 이 하나 없으며, 추억을 떠올리게 하는 물 건 하나 없다. 낯선 자동차나 낡은 경운기 한 대가 그 자리를 대신 채우고 있을 뿐이다.

그런 낯선 사물이 이방인처럼 우뚝 서서 전혀 다른 풍경을 연출하는 그 자리에서 문득 들려오는 듯한 할머니 목소리.

"정일아, 비 온디야. 얼릉 나락(벼) 담어야지."

과연, 그 공간 속에서 함께 울고 웃고 싸우고 슬퍼하며 한 시대를 살았던 사람들은 다 어디로 갔을까.

누군가를 하염없이 기다리던 아이

마을 모정은 우리 집 별채나 다름없었다. 사립문을 열고 나가면 30m도 채 되지 않은 데다, 마을에서 그곳을 가장 자주 이용하던 사람이 나였기 때문이다. 기둥도 그리 굵지 않고, 외양 역시 그다지 내세울 것 없는 아주 평범한 모정이었다.

겨울이면 그곳은 매서운 바람만 쌩쌩 스쳐 지날 뿐 누구도 찾지 않아 먼지만 가득했다. 그러나 봄에서 늦은 가을, 특히 여름에는 상황이 완전히 달려져 마을 사람들의 사랑을 독차지했다. 동네에서 말 좀 한다는 사람들이 모여 이런저런 이야기를 나누기도 했고, 막걸리 한 주전자를 건 바둑판이나 장기판이 벌어지기도 했다.

나이 지긋한 어른들은 그곳에서 달콤한 낮잠을 즐기기도 했다. 그 틈바구니에서 어린아이들 역시 더위를 피해 잠을 잤다. 또 그 누구라도 기분 좋은 일이 있으면 술 한 주전자와 김치 한 보시기를 갖고 나와 지나가는 사람을 불렀다.

"어이, 술 한잔 허고가."

"그려, 무슨 좋은 일 있는개비."

그렇게 하나둘 모이면 두 사람이 세 사람이 되고 삽시간에 즐거운 술판이 벌어졌다.

모정은 마을에서 전망이 가장 좋은 곳이었다. 백운면 일대가 한눈에 들어왔을 뿐만 아니라 병풍처럼 둘러쳐진 내동산의 사계절을 감상할 수 있었기 때문이다. 그뿐인가. 원촌으로 가는 길이 한눈에 보여 멀리서 사람 그림자만 보여도 그 사람이 누군지 알아맞힐 수 있었다.

모정은 기다림의 장소이기도 했다. 명절이 다가오면 모정에서 서울 공장으로 일하러 간 아들딸이나 집 나간 자식들을 기다리기도 했고, 시집간 딸이 친정에 오는 것을 기다리기도 했다. 또한, 아이들에게는 명절을 지내기 위해 시장에 간 부모를 기다리는 장소였다. 행여 신발이나 때때옷이라도 사 올까 싶어 많은 아이가 그곳에서 부모를 애타게 기다렸다. 그래서 장날이나 명절이 다가오면 마치 장터처럼 붐볐다. 그러다가 기다리던 사람을 만나서 함께 돌아가던 그 행복한 풍경을 지금도 잊을 수 없다.

할머니와 단둘이 살던 시절, 나는 틈만 나면 그 모정 난간에 기대앉아 누군가를 하염없이 기다렸다. 가끔은 마을 사람이 누군가를 기다리는데 끼여서 한없이 기다리다가 서로 만나 돌아가도, 나는 돌아가는 것을 잊은 채 홀로 앉아 있었다. 그것이 기다림이었는지, 아니면 그 기다림마저 잊은 채 세월의 흐름을 느끼고 있었던 것인지는 잘 모르겠다.

해가 뉘엿뉘엿 내동산으로 기울어 가도 아무도 오지 않는 풍경 속에 조그마한 아이가 어둠이 되고 한 줄기 바람이 되어 누군가를 하염없이 기다리던 시간. 거기에 어린 내가 있었다.

삶과 죽음의 갈림길에서

서너 살 무렵 일로 기억된다. 누군가의 등에 업혀서 어떤 고개를 넘어가던 그 기억… 어머니의 머리카락 너머로 보이던 푸른 하늘과 흰 구름… 안개 속 같기도 하고, 운무 같기도 한 것이 잔뜩 끼어 있던 비스듬한 고개를 나는 넘어가고 있었다.

그때 나는 한없는 포근함을 느꼈다. 그러나 그다음 기억이 이어지지 않는 것을 보면 아마도 죽음 같은 깊은 잠에 빠져있었던 건 아닐까.

어머니 살아생전 그 이야기를 꺼낸 적이 있다. 내가 언제 심하게 아팠냐고, 그 기억이 사실이냐고 물었다. 그러자 어머니는 이렇게 말씀하셨다.

"네가 죽게 생겨서 정신없이 너를 업고 진안에 있는 병원에 갈라고 배개재를 넘어갔제."

내 짐작대로 그때 나는 죽음의 강을 건너고 있었다.

어머니 말에 의하면, 병원에 다녀온 뒤에도 내가 나을 기미가 없자 무당을 불러 굿을 하고 난 뒤에야 병이 나았다고 한다. 그래서일까. 가끔 '그때 죽었을지도 모르는데 덤으로 살고 있구나.'라는 생각이 들 때가 있다. 그때마다 세상이 다 무너지는 심정으로 힘겹게 고개를 넘어갔을 어머니의 모습이 거울처럼 보이는 것 같아 마음이 짠하다.

알지도 못한 채

왔었노라고 말해줘요

내 뜻대로 산 건

아니었노라고 말해줘요

슬픔과 고통이

실상 행복이었노라고 말해줘요

인사도 못 나눈 채

바람 같이 돌아갔노라고 말해줘요

알고 보니

하룻밤 꿈인 듯했노라고 말해줘요

_〈삶은〉, 1985년 6월 3일 作

처음이자 마지막이었던 학교의 추억

겁 많고 수줍음을 잘 타던 작고 여린 아이

"우리 큰손자가 학교에 다 가네. 아이고, 장혀라. 가서 공부 잘혀야혀."

할머니 말을 들으며, 나는 내가 오늘 학교라는 곳에 가는구나, 라고 생각했다.

"근디, 나는 오늘 일이 있응게 삼촌 따라가라."

나는 할머니가 준비해둔 옷에 새로 산 검정 고무신을 신고 삼촌과 함께 집을 나섰다.

"너, 선생님 말씀 잘 들어야혀."

삼촌 말에 "응"하고 대답은 했지만, 무슨 말을 잘 들으라는 것인지 통 짐작조차 할 수 없었다.

흰바우에서 숲 거리를 지나면 아래 흰바우에 이르는데 그곳에서 학교가 멀지 않았다. 어린 마음에 날마다 이 길을 오가야 한다는 사실이 걱정되기도 했지만, 나를 가르칠 선생님은 과연 누구일까, 내 짝꿍은 어떤 아이일까, 라는 호기심이 더 컸기에 발걸음은 가볍기만 했다. 그때까지 경험하지 못했던 또 다른 세계로의 진입은 두렵기도 했지만, 충분히 설레는 일이었기 때문이다.

백여 명의 아이 중 내 키는 앞에서부터 여남은 번쯤 되었을 것이다. 그렇게나 나는 작고 여렸다.

그날 나는 처음으로 칠판이라는 것을 보았고, 거기에 하얀 분필이라는 것으로 글씨를 쓴다는 사실도 처음 알게 되었다. 또한, 세상에는 나 같은 아이들은 물론 낯모르는 사람도 아주 많다는 사실을 비로소 깨달았다.

친구들에게 따돌림을 당하다

할머니는 매일 밭을 매거나 논에 가서 피를 뽑았다. 그러다 보니 나를 보살펴줄 사람은 아무도 없었다.

초등학교 2학년 때쯤이었을 것이다. 어느 날, 나는 내 생애 가장 부끄러운 일을 당했다. 오전 두 시간이 끝나고 화장실에 가서 소변을 보고 있는데, 내 옆에 있던 한 아이가 "야 좀 봐. 우리하고 다르네."라며 소리를 쳤고, 옆에 있던 아이들이 순식간에 몰려왔다. 당황한 나머지 옷을 올리지 못하고 있던 나는 그때부터 '까신 놈'이라는 소리를 들어야 했고, 수많은 놀림을 당해야 했다. 요즘 말하는 '왕따'라는 것을 당한 것이다.

그러잖아도 내성적이었던 나는 얼굴을 들 수 없었고, 그때부터 아이들과 자연스럽게 멀어졌다. 학교에 갈 때도 아이들과 마주치는 것이 두려워 아무도 보이지 않을 때를 택해서 갔다. 그렇다고 해서 그런 내막을 누구에게 말할 수도 없고, 벙어리 냉가슴 앓듯 혼자서만 간직할 수밖에 없었다.

나는 매일 기가 죽어 지냈다. 하지만 그런 나를 아이들은 잠시도 가만히 두지 않았다. 이렇게 저렇게 골탕을 먹이다가 지치면 내 책보(가방)을 빼앗아 감추곤 했다. 그러면 책보도 없이 집으로 돌아가 냉가슴을 앓곤 했다.

그러던 어느 날, 이상한 낌새를 눈치챈 할머니가 "책보 어디 있냐?"라고 물었다. 나는 그제야 그동안 있었던 일을 숨김없이 얘기했다. 유난히 욕을 잘했던 할머니는 욕을 바락바락 해대며 영식이 집과 상관이 집을 찾아가서 책보를 찾아왔다.

그렇다고 해서 달라진 것은 아무것도 없었다. 매일 똑같은 날의 연속이었고, 할머니는 아침마다 수없이 욕을 해가며 그 골목을 오갔다.

나를 딛고 일어선 생애 최초의 승리

"너 아직도 글을 못 읽니?"

"예."

"손들고 서 있어."

내 앞에 앉은 아이와 선생님이 나눈 대화였다. 그다음이 나였다. 피해 갈 수 없는 운명 앞에서 나는 겁이 잔뜩 나서 앞을 바라볼 수조차 없었다. 하지만 운명의 시간은 어김없이 다가왔다.

"너는?"

"예, 저도 못 읽어요."

기어들어 가는 목소리로 대답하면서도 얼마나 부끄럽던지 쥐구멍이라도 있으면 기어들어 가고 싶었다.

"너도 손들고 서 있어."

선생님 말씀이 떨어지기가 무섭게 일어서서 두 손을 들고 한 시간 내내 서 있어야 했다. 우리 반에서도 유독 우리 분단 아이들이 책을 못 읽었다.

"1학년도 아니고, 2학년이 아직도 글을 못 읽다니."

선생님의 푸념 섞인 이야기를 들으며 뒤를 돌아보니 우리 분단 8명 아이 중 2명만 제외하고 모두 손을 들고 서 있었다. 그때가 2학년 말 무렵이었다.

그런데 내가 글을 못 읽는다고 일어섰던 것은 진짜 글을 못 읽어서가 아니었다. 나는 초등학교 1학년 때부터 집에 있던 방인근의 소설이나 박계형의《머무르고 싶었던 순간들》그리고 김시습의 생애를 소설로 쓴 장덕조의《광풍》을 비롯한 책을 줄줄이 읽었다. 하지만 너무도 내성적인데다 아이들로부터 심한 놀림을 받아 주눅이 든 나머지 도저히 말이 입 밖으로 나오지 않았다.

3학년 수업이 시작되기 전날, 나는 결심에 결심을 거듭했다. 그리고 다음 날, 죽기 아니면 까무러치기라며 내 차례가 오자 죽을힘을 다해 소리 내어 책을 읽었다. 그때부터 남 앞에서 책을 소리 내어 읽을 수 있게 되었다. 세상과의 첫 소통이자, 나를 딛고 일어선 생애 최초의 승리였다.

그러나 그 후로도 수없이 많은 벽이 내 앞을 막아섰다. 나는 그 앞에서 망설이며 가만히 벽을 쳐다만 봤다. 그 벽을 넘어서서 지나온 시간을 회상하게 된 것은 그로부터 한참의 시간이 흐른 뒤였다.

나는 계속 따돌림을 당하며 괴로워할 수밖에 없었다. 그래서 나를 따돌리는 사람들을 싸잡아 따돌리는 방법을 스스로 터득했다. 나하고 노는 것을 싫어하거나 하찮게 여기는 사람들과 어울리는 것이 아니라 나 혼자서도 잘 노는 방법을 찾아낸 것이다. 그때 다짐하고 다짐했던 것이 '그 사람들과 놀지 말고 혼자 있자.'였다. 그리고 혼자 있는 것은 고립이 아니라 자신을 되찾는 것이라는 사실을 터득했다. 그래서 가끔 사람들에게 이렇게 말하곤 한다.

"따돌림을 견디지 못하면 문제가 되지만, 그것을 견뎌내면 그렇게 좋을 수가 없다."

촌놈에게 별세계와도 같았던 전주

초등학교 2학년 때 처음으로 전주에 갔다. 전주에 사는 큰아들(나의 아버지)이 어떻게 사는지 궁금했던 할머니가 나를 데려간 것이다.

그 전날 나는 밤잠을 설쳤다. 오랫동안 떨어져 산 부모님을 만나는 설렘 때문? 그랬으면 좋겠지만, 사실 그보다는 전주라는 도시는 어떻게 생겼을까, 라는 호기심 때문이었다.

할머니 손을 잡고 원촌으로 내려와 코 뺑뺑이 버스를 타고 전주로 향했다. 지금은 길이 사통팔달로 뚫려서 40여 분밖에 걸리지 않지만, 그때만 해도 백운에서 전주까지 2시간 30분이 걸렸다.

내 기억이 정확하다면 그때 버스 정류장이 남부시장 쪽에 있었을 것이다. 그곳에서 할머니와 나는 부모님이 장사하던 전주역 근처까지 걸어갔다.

걸어가면서 본 전주 시내는 말 그대로 어안을 벙벙하게 만들었다. 당시 우리 동네에서 가장 큰 상점은 박찬조라는 사람이 하는 가게였는데, 온종일 신작로에 서 있어도 차 몇 대 구경하기가 쉽지 않았다. 그런데 전주에는 쉴 새 없이 차가 오가고 번듯번듯한 건물 속에 보지도 듣지도 못한 물건들이 산처럼 쌓여 있었다. 마치 별세계라도 온 듯 두리번거리면서 할머니 손을 잡고 따라가는 나는 그야말로 촌놈이었다.

가까스로 도착한 부모님 가게는 전주역 맞은편에 있었다. 하지만 오랜만에 만나서인지 서먹하기만 했고, 부모님과 함께 살던 바로 아래 동생역시 기억 속에서 한참 동안 그 얼굴을 떠올려야 할 만큼 낯설었다.

"너그 성이다. 알겠냐?"

아버지 말에 멀거니 나를 쳐다보던 동생이 빙긋 웃으며 내 곁으로 온 것은 그로부터 몇 시간이 지난 뒤였다.

그곳에서 내 관심은 커다란 기와집으로 된 전주역을 들락거리는 수많은 사람과 가게에 집중되었다. 그래서 넋을 잃고 그것을 바라보곤 했는데, 한번은 동생이 부리나케 달려오더니 "성, 자가 나 때렸어."라며 손가락으로 한 아이를 가리켰다. 지금 생각하면 그 아이에게 동생이 매일 시달림을 받았고, 그 때문에 자기에게도 형이 있다는 것을 보여주고 싶었던 듯하다.

그 전주의 옛 풍경이 고스란히 추억이 되어 떠오를 때가 있다. 할머니의 손을 꼭 잡고 내린 조그만 아이의 눈으로 본 전주. 그 전주가 내가 태어나서 처음으로 본 가장 큰 도시였다.

'미리 박사'와 35개의 박사 학위

내가 처음 아이들로부터 얻은 별명은 '까진 놈'이었다. 그 후 아이들은 내게 두 개의 별명을 더 만들어주었다. '미리 박사'와 '애 늙은이'가 바로 그것이다. 워낙 책을 좋아하기도 했지만 빨리 읽는 습관에 길든 나는 새 학기에 책을 받으면 며칠이 지나기도 전에 그것을 다 읽어버렸다. 다른 아이들은 대부분 선생님에게 배울 무렵에야 그 페이지를 읽는 데 반해 나는 미리 다 읽었기 때문에 그 다음에 배울 내용까지 모조리 알고 있었다. 선생님 입장에서는 가르치기도 전에 학생이 그 내용을 알고 있다는 게 그리 달갑지 않은 일임이 분명하다. 그러나 내 입장에서는 먼저 읽고 나서 선생님에게 미심쩍은 부분을 듣게 되면 아무리 어려운 부분도 쉽게 이해할 수 있었다.

아이들은 그런 나를 '미리 박사'라고 불렀고, 선생님 역시 그것을 인정했다. 하지만 안타깝게도 초등학교 졸업이 내가 받은 정규 교육의 전부였다. 혹시 '미리 박사'가 되어서 그랬던 것은 아닐까. 그러나 가끔 생각해보면 정규 교육을 받지 않았기에 문과나 이과라는 틀을 고집하지 않고

문·사·철을 모두 공부해서 지금의 내가 있는 것은 아닌가, 하는 생각이 들 때가 있다.

> "나는 교육을 대단하지 않게 생각합니다. 교육이 인간을 변화시키고 개선할 수 있다고 믿지 않기 때문입니다. 그 대신 아름다움과 예술, 부드러운 설득력은 어느 정도 신뢰해왔습니다. 나 자신도 어린 시절 공립학교나 사립교육기관보다는 문학을 통해 더 많은 교양을 쌓았을 뿐만 아니라 그 정신세계에 호기심을 품었기 때문입니다."
>
> — 헤르만 헤세, 《편지》 중에서

어린 시절 받았던 그 호칭은 그때의 호칭일 뿐, 지금의 나는 박사가 아니므로 누구도 나를 더는 박사라고 부르지 않는다. 하긴 전문대는커녕 4년제 대학 문턱도 밟아보지 못했고, 박사가 되기 위해서는 필수인 논문 역시 한 번도 써보지 않았는데, 무슨 재주로 박사가 되랴.

몇 년 전 가을이었다. 책 출간 후 모 일간지 기자와 인터뷰 도중 이런 이야기가 오간 적이 있다.

"선생님, 지금까지 몇 권의 책을 쓰셨습니까?"

"35권의 책을 썼습니다."

그러자 기자는 한참 후 다음과 같이 말했다.

"그러면 선생님은 35개의 박사 학위를 받은 것과 다름없습니다."

그 말에 나는 한동안 머리가 멍해졌고, 곧이어 벅찬 감정에 휩싸였다.

비로소 나의 역정 많던 삶을 인정받은 것만 같았기 때문이다. 그래서일까. 가슴 먹먹함 뒤로 지난날의 나의 모습이 주마등처럼 머릿속을 스쳐 지나갔다.

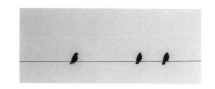

천천히 걸어가면 찾아올 것 같았다.

어깨를 툭 치며 둘러 세워놓고

씩 웃는 얼굴에서

아카시아 꽃내음새가 날 것 같았다.

더 천천히 걸었다.

그러나 오지 않았다.

그냥 그 자리 주저앉아 멍한 채 기다렸다.

찬바람만 휙휙 스치고 지나갔다

__〈기다림〉, 1985년 10월 18일 作

사진 한 장 남길 수 없었던 가난한 삶

자연과 하나였던 어린 시절

나는 천성이 내성적인 데다 친구들로부터 놀림과 따돌림을 자주 받다 보니, 초등학교 2학년 때부터 혼자 있는 시간이 많았다. 그러던 중 자연스럽게 혼자 노는 법을 터득했다. 바로 자연과 하나가 되는 것이었다.

그것을 가장 잘 알고 있던 사람이 바로 할머니였다.

할머니는 학교에 가기 위해 책보를 등에 메는 내게 이렇게 말하곤 했다.

"오늘은 가는골서 밭매고 있을 것잉께 살강(그릇 같은 것을 얹어 놓기 위하여 부엌의 벽 중턱에 가로 드린 선반이나 시렁)에 얹어놓은 밥 묵고 그짝으로 오니라."

그런 날이면 공부가 잘될 리 없었다. 오늘은 가는골에서 얼마나 많은 가재를 잡을 것인지에 정신이 팔렸기 때문이다. 그래서 온종일 멍하게 보내다가 수업이 끝나기가 무섭게 집으로 달려가서 찬물에 밥을 말아 게 눈 감추듯 먹어치운 후 할머니가 계시는 가는골로 달려가곤 했다.

"할머니!"하고 부르면 뙤약볕에서 밭을 매고 있던, 너무 작아서 잘 보이지도 않던 할머니가 나를 향해 이렇게 외치곤 했다.

"그랴, 나 여그 있다. 밥은 묵고 왔냐?"

하지만 그 소리 역시 곧 깊은 산에 묻혔고, 이내 내 관심은 다른 곳으로 향했다.

시냇물 소리를 들으며 올라가는 길섶에 있는 수많은 사물이 어린 내 눈을 번쩍번쩍 뜨이게 했고, 늦게 올라온 찔레 새순이 윤기가 번질번질하고 통통하게 살찐 채 나를 기다리고 있었다. 그 껍질을 벗겨 먹으면 입 안 가득 감돌던 감미로운 그 맛. 그 맛을 뭐라 표현할 수 있으랴.

흐르는 물소리가 잦아들면, 그곳에서부터 내가 가장 자신 있는 '가재 사냥'이 시작되었다.

물은 차다. 나는 우선 엎드려서 거기까지 오느라 말라붙은 목을 축인다. 뱃속으로 들어가기도 전에 온몸이 오싹하도록 차갑다. 물속에 작은 손을 한참 담근 후 가재가 있을 법한 돌멩이를 가만히 들어 본다. 있다. 은신처, 아니 자기 집이 백일하에 드러난 줄도 모르고 가재가 가만히 웅크리고 앉아있다. 물속에 가만히 손을 들이밀고 순식간에 가재의 몸통을 붙잡는다. 그러면 가재가 몸부림을 치며 집게발을 허공에 허우적거리지만, 손에 잡힌 이상 빠져나갈 길은 어디에도 없다. 가재의 끝부분을 떼어내고 가느다란 싸리나무 가지를 벗긴 후 거기에 몸통을 꿴다. 그러면 가재는 마지막 남은 힘을 다해 잠시 버둥거리다가 결국 숨을 거두고 만다.

지금 생각하면 초등학교 2학년 조그만 아이가 겁도 없이 깊은 산속에서 가재를 잡는 것도 신기하고 무섭지만, 살아 있는 가재를 잡아서 서서히 죽게 하는 것 역시 못 할 짓이다. 하지만 그때는 가재를 잡는 것이 내가 가장 잘할 수 있는 유일한 일이었고, 최고의 즐거움이었다.

어떤 때는 돌멩이 속에 두세 마리의 가재가 숨어 있어 숨바꼭질 같은 전쟁을 벌이기도 했다. 가재에게는 목숨이 걸린 절체절명의 위기였지만, 내게는 긴장되지만, 즐거운 전쟁과도 같은 순간이었다. 그리고 그 전쟁은 대부분 나의 승리로 끝났다.

나는 천성적으로 내기나 싸움에 약하다. 누가 내 것을 빼앗으려고 하면 그것이 분명 정정당당하지 않다고 생각하면서도 '더럽다' 혹은 '말하기도 싫다'는 이유만으로 그냥 내놓는 경우가 많다. 그런 나를 책망하며 뭐라 하는 사람도 더러 있지만, 습관이 오래되어 성품이 되어버린 것을 어쩌랴.

어린 시절 역시 마찬가지였다. 어떤 놀이에서건 단 한 번도 이겨본 적이 없다. 딱지치기, 구슬치기, 땅따먹기, 돈치기 등. 매번 지는 것이 나의 역할이었다. 그뿐만이 아니다. 그 흔한 우등상 한 번 받지 못했고, 급장은커녕 분단장 한 번 하지 못한 채 변방만을 맴돌았다. 하지만 가재 잡기를 할 때만은 그런 모든 것을 잊고 신나게 놀 수 있었다.

둠벙('웅덩이'의 방언)에는 가재만 사는 것이 아니었다. 가만히 쳐다보고 있으면 물고기가 훼방꾼처럼 물살을 빠르게 차고 지나가기도 했고, 뭔가가 풀숲을 헤치고 지나가는 소리에 깜짝 놀라 쳐다보면 날렵한 까치

독사(살무사)가 혀를 날름거리며 지나갔다. 어디 그뿐인가. 굵은 더덕 싹이 축 늘어진 때동나무 줄기를 타고 올라간 것을 발견하기도 했다. 그러면 나는 할머니가 좋아하실 것을 생각하며 싸리나무 가지를 꺾어 그 더덕 싹을 파헤치곤 했다. 그러다가 지치면 물에 발을 담그고 가만히 앉아 하염없이 흐르는 물을 바라보며, 이 물은 과연 어디로 흘러갈지 생각했다. 하지만 사람은 자기가 보고 경험한 것만 떠올리는 법. 그때까지 내가 본 것은 우물 안 개구리 수준에 지나지 않았으니, 생각 역시 거기에 한정될 수밖에 없었다.

물은 아버지의 외갓집인 정규 삼촌 집과 고모 집, 마을 고샅 세 번째, 그리고 현자 네와 상관이 네를 지나 영진이, 영수 당숙 네를 거친 후 마을 앞 들을 적시고 큰 냇가로 들어간다. 그럼, 우리 학교가 있는 원촌은? 그 이상은 본 적도 없고 들은 적도 없다. 그러니 생각 역시 번번이 거기서 끝나고 말았다.

그렇게 해서 집으로 가기 위해 우리 밭 근처까지 내려오면 한 꿰엄지에 열대여섯 마리씩의 가재가 매달려 있는 꿰엄지가 네댓 개는 되었다.

그러면 할머니는 "어, 우리 장손 가재를 얼마나 잡았디야. 아이고, 많이도 잡았네. 저녁에 간장 넣고 졸여주마. 낼은 작은 시암골로 오니라."라고 말하시곤 했다.

그즈음이면 날이 점점 어두워진다. 할머니는 밭에서 거둔 나물을 광주리에 담아 머리에 이고, 나는 전리품을 든 병사처럼 가재를 들고 돌아오는 길. 해는 벌써 내동산 뒤로 몸을 숨긴 뒤다.

그때 그 아이들은 다 어디로 갔을까

그 시절 아이들은 모든 것을 자급자족했다. 얼음판이나 반들반들한 눈길 위에서 타는 스키만 해도 세모로 쪼개진 장작을 직접 깎아서 만들었고, 팽이 역시 나무를 깎아 만든 후 철사를 박아 고정했다. 팽이채는 쓰다가 버린 헝겊 조각이나 닥나무 껍질을 벗겨서 만들었다.

새총 역시 마찬가지였다. 두 갈래로 나뉜 나뭇가지를 잘라다가 고무줄을 고정해서 만들었다. 놀라운 것은 그 헐렁한 새총으로도 참새나 이름 모를 새를 기가 막히게 잡는 아이들이 있었다는 것이다. 그래서인지 지금도 두 갈래로 나뉘어 쭉 뻗은 나무를 보면 굵은 고무줄을 매달아 새총을 쏘고 싶은 마음이 불쑥 생기곤 한다.

더러는 새총 없이 새를 잡기도 했다. 가시덤불 속에 새가 무리 지어 날아들 때 돌을 던져 봉사 문고리 잡는 격으로 새를 잡는가 하면, 깊은 밤에 초가의 지붕 구멍에 손전등을 비춰서 잠자던 새를 그대로 잡기도 했다. 물론 그 구멍 속에 참새만 있는 것은 아니었다. 시꺼먼 구렁이가 딸려 나오는 경우도 있었다.

가장 아슬아슬하고 스릴 넘치는 놀이는 땅벌과의 전쟁이었다. 누군가가 땅벌에 쏘였다는 소식이 전해지면 마을 아이들 모두가 모여서 땅벌집을 공격할 계획을 세웠다. 준비물은 마른 나뭇가지와 푸른 솔가지, 곡괭이, 성냥이 전부였다.

날을 잡아 가장 용감한 아이가 땅벌 집 위에 나뭇가지를 덮은 후 성냥불을 지핀다. 그러면 깜짝 놀란 벌들이 아이들을 향해 무차별적으로 달려드는데, 땅바닥에 납작 엎드려 있다가 잠잠해진 틈을 타서 벌이 나온 곳을 곡괭이로 파낸다. 그때부터가 벌과 아이들의 본격적인 싸움이다. 집을 공격당한 벌들은 미친 듯이 아이들을 공격하고, 아이들은 벌집을 드러내기 위해 사투를 벌인다. 그렇게 해서 벌에 쏘인 아이들이 한쪽으로 가서 된장을 바를 때쯤이면, 땅벌 집이 비로소 그 모습을 드러내고 벌 역시 그 수효가 점점 줄어들면서 그 전쟁은 끝이 난다.

한 번에 성공하는 경우도 있지만, 지형이 험악한 곳이나 벌의 저항이 유독 강한 경우에는 서너 차례쯤 지독한 전쟁을 치러야만 승패가 갈리는 경우도 있다. 그렇게 되면 벌에 한두 방쯤 안 쏘이는 아이가 없다. 문제는 벌에 예닐곱 방씩 쏘인 아이들이다. 눈이나 코, 또는 얼굴에 쏘이면 금세 부어올라 한 일주일 정도 가야만 부기가 빠지는데, 눈이 통통 감겨서 떠지지 않는 일도 있고, 어떨 때는 귀를 쏘여 귀가 축 늘어져 한 짐이 되기도 했기 때문이다. 그러나 된장 밖에는 달리 약이 없던 시절이어서 부기가 자연스레 내리기만 기다렸을 뿐, 얼굴이 부어도 학교에 안 간다고 떼를 쓰는 아이는 없었다.

사실 학교에 가도 부끄러운 줄 몰랐다. 칼로 베거나 상처가 나면 쑥을 캐어 돌에 찧어 붙였고, 횟배를 앓으면 석유를 약 대신 마셨다.

어떤 아이들은 독사에서 꽃뱀까지 뱀 잡는 선수였고, 또 어떤 아이들은 돌팔매질을 잘하거나 나무 타는 데 선수였다. 반면, 나는 뭐 하나 야무지게 잘하는 게 없었고, 사교성 역시 떨어져서 누구와도 잘 어울리지 못했다.

과연 그 아이들은 지금쯤 어디서, 어떤 모습으로 살고 있을까.

가난했지만 함께라서 더 즐거웠던 시절

누구나 가슴 설레고, 다시 돌아가고 싶은 추억이 있을 것이다. 나 역시 그런 추억을 몇 개쯤 간직하고 있다. 그중 하나가 보를 막고 물을 퍼낸 뒤 물고기를 잡던 추억이다.

원촌 냇가에 섬처럼 생긴 곳이 있었다. 섬진강 지류인 백운동천이 면 소재지에 이르러 두 줄기로 나뉘어 흐르면서 만들어진 곳이었다. 우리는 그곳의 왼쪽 물줄기를 막고 물을 모두 퍼낸 후 그 안에 있는 물고기를 잡곤 했다.

어른들은 바께스라고 부르는 양동이와 바가지로 물을 퍼냈지만, 아이들은 고무신까지 동원해서 물을 퍼냈다. 물이 줄어들기 시작하면서 물속에 숨어 있던 물고기가 하나둘씩 모습을 드러내는데, 그야말로 물 반 고기 반이었다. 불무테기, 피라미, 붕어, 송사리, 엉금엉금 기는 가재와 새끼손가락 굵기만 한 왕새우가 우리의 주 사냥감이었다. 그렇게 해서 한 양동이쯤 잡은 물고기를 집에 가져가면, 그날은 인근에 사는 사람들의 잔칫날이었다.

마당 가운데에 큰 쇠솥을 걸어놓고, 한쪽에서는 물고기를 손질하고, 한쪽에서는 불을 때거나 매운탕에 들어갈 푸성귀며 고추를 준비하느라 바삐 움직였다. 그러면서도 모두가 웃음을 잃지 않았던 그때 그 사람들의 모습이 아직도 눈에 선하다.

한밤중의 물고기 잡이

"정일아, 방앗간 가서 못 쓰는 기름 좀 얻어 오너라."

일 년에 한두 번쯤 아버지는 내게 그런 말을 하곤 했다. 나는 그날을 손꼽아 기다리고 있던 터라, 그 말이 나오기를 얼마나 기다렸는지 모른다. 하지만 나만 그런 것은 아니다. 주조장 집 행자와 희자는 물론 용곤이 동생 정희 역시 그날만을 기다렸다.

그날은 잠도 쉬이 오지 않는다. 몸을 뒤척거리며 시간을 보내다가 밤열 시쯤 되면, 그제야 아버지가 출동 명령을 내린다.

"지금쯤 가믄 고기들이 다 자고 있을 것이여."

그날만은 아버지가 총사령관이었다. 그래서인지 다른 날보다 유독 활기 넘쳤고 얼굴 역시 멋져 보였다.

흰바우와 전영태 씨네 물방앗간이 있는 도르메 마을을 지나 운교리 모퉁이를 돌면 강폭이 제법 넓은 손가쟁이(손가정)였다. 우리는 그곳에서 낮에 준비한 솜을 묶어서 만든 횃불을 밝히고 물고기를 잡았다. 지금은 환한 전깃불에 익숙해져 횃불을 밝혀도 그리 밝아 보이지 않지만, 당시만 해도 물속이 대낮보다 더 환하게 보였다.

신기한 것은 그 물속에서 20여 cm가 넘는 불무테기를 비롯해서 메기, 모래무지를 비롯한 온갖 물고기가 사람처럼 잠을 자고 있다는 것이다. 물살에 움직이지도 않고 잠에 취해 있는 물고기를 가만히 손으로 왈칵 붙잡기만 하면 된다. 뒤늦게 외부의 침입을 눈치챈 물고기들이 버둥거리긴 했지만 이미 승패가 끝난 뒤다.

'다슬기'라고 부르는 대수리 역시 낮에는 돌 밑에 있다가 밤에 돌 위로 올라오는데, 거짓말 조금 보태서 바위가 새카맣게 다닥다닥 붙어 있곤 했다. 그러니 손만 뻗으면 한 주먹씩 잡혔다.

그렇게 몇 시간을 보내다 보면 어느새 아래 흰바우에 이르고, 집에 돌아오면 보통 새벽 한 시가 넘어 있었다. 밤이 늦었으니 일단 그날은 자고, 아침에 고기를 손질해서 조리기도 하고 매운탕을 만들어 나누어 먹던 기억이 아직도 생생하다.

다시 살아나는 그리움은 없다

집은 무너졌다

장미꽃도 사라졌고

잡풀이 무성한 옛 마당에

몇 포기 봉선화가 피어나고

어린 소의 놀이터가 되었다

돌담은 사라졌고

구덩이가 또아리 틀었던

뽕나무도 베어져 없다

연기 피어 오르던 굴뚝도 장독대도 절구통도 없다

_〈옛 고향〉 중에서, 1985년 8월 15일 作

추억을 떠올리게 하는 기억 속의 맛

내가 도토리 음식을 먹지 않는 이유

가을이 물씬 무르익은 아침이면 온 동네가 부산했다. 아이들은 학교에 가고, 어른들은 산에 가기 위해 북새통을 이뤘기 때문이다.

그때가 도토리를 따기에 가장 좋은 시기였다. 우리 집만 해도 부모님과 삼촌, 고모 그리고 작은아버지와 작은어머니까지 총출동했다.

그런 날이면 수업이 끝나기가 무섭게 집으로 돌아와 어른들이 돌아오기를 하염없이 기다리곤 했다. 그때는 왜 그리도 그 시간이 길게만 느껴졌는지.

어둠이 슬슬 내릴 때쯤이면, 사람들이 하나둘씩 산에서 돌아와 지게와 머리에 인 보따리를 마당 한가운데 펴놓은 멍석 위에 내려놓았다. 그러고는 그 보따리를 하나씩 풀면 황금알 같은 도토리와 상수리가 가득 쏟아져 나왔다.

더러는 다래와 머루 그리고 으름 속에 새빨간 오미자도 섞여 있곤 했다. 그중 압권은 모과 비슷하게 생긴 새파란 배, 즉 '독배'라 불리던 돌배였다. 겉은 모과처럼 무지막지하게 단단하지만, 신맛과 단맛이 맛있게 조화된 그 배 맛을 지금도 잊을 수 없다.

그렇게 따온 도토리는 묵을 쑤어 먹기도 했지만, 시장에 나가 팔기도 하고 '솥내'라고 부르던 송정마을 옹기점에 가서 옹기와 바꾸기도 했다. 그 담당이 우리 어머니였다.

어머니는 장장 십오 리가 넘는 길을 묵을 인 채 걸어갔다. 그렇게 해서 묵을 건네주면 잘 만들어진 완성품이 아닌 약간은 비뚤고 못생긴 옹기를 머리에 이고 갈 수 있을 만큼 주었다. 그 그릇을 이고 다시 오는 길, 그렇게 서너 번쯤 같은 길을 오가면 장독대의 빈 도가지(아래위가 좁고 배가 불룩하게 나온 오지그릇)를 가득 채울 수 있었다.

그러나 도토리의 가장 중요한 역할은 쌀이 부족할 때 대용으로 먹는 것이었다. 도토리를 햇볕에 잘 말려서 절구통에 넣고 찧어 잘게 부순 뒤 물에 며칠 불려 향을 우려내면 도토리 특유의 향이 어느 정도 사라진다. 거기에다 쌀을 조금 넣고 지은 밥이 말 그대로 도토리 밥이다. 그때 어머니는 동생은 아직 어리다는 이유로 쌀을 더 많이 넣은 밥을 주고, 내게는 도토리 밥을 주었다. '개밥에 도토리'라는 말처럼 아무리 먹어도 밥그릇에서 줄어들지 않고 남아 있던 도토리 밥. 그것을 보며 나는 언제쯤이면 쌀만 넣은 고봉밥을 마음껏 먹을 수 있을지 생각하곤 했다.

그 때문에 나는 지금도 도토리로 만든 음식을 먹지 않는다. 도토리만 생각하면 그 특유의 향이 입안을 확 휘젓고 지나가기 때문이다. 결혼 초 아내가 도토리묵을 먹지 않는 내게 그 이유를 물은 적이 있다. 달리 할 말이 없던 나는 그저 빙그레 웃기만 했다.

가을이 도토리의 계절이었다면, 봄은 나물의 계절이다. 봄이면 남자 어른들은 새롭게 생장을 시작한 더덕이나 잔대(딱주), 당귀 등의 약초를 캐러 산에 들어갔고, 여자 어른들은 고사리와 취나물을 비롯한 봄나물을 캐러 산에 갔다.

그 때문에 어둠이 내릴락 말락 할 무렵이면, 온 마을이 약초와 산나물 냄새로 가득했다. 고사리, 고비, 두릅 취나물에 새파란 곰취 순까지…. 없는 게 없었다.

"어디서 이렇게 겁나게 꺾었디야?"라고 묻는 할머니에게 "오늘 장자골에 갔는디, 암도 안 꺾어서 재미지게 꺾어."라던 옥님이 고모. 그러고 보니 그 시절에는 봄나물을 얼마나 많이 캐느냐에 따라 동네 처녀들이 시집을 갈 수도 있었고 시집을 못갈 수도 있었다.

달콤하던 할머니의 호박죽

호박은 웰빙 식품으로 요즘 그 인기가 매우 높다. 그러나 내가 어렸을 때만 해도 부족한 쌀을 대신하는 구황식품이었다.

어린 시절, 할머니는 집 앞 텃밭을 비롯해 가는골과 시암골, 배개재의 가파른 밭머리에 많은 호박을 심었고, 여름에서 가을까지 빠지지 않고 밥상 위에 호박을 올렸다.

"호박꽃도 꽃이더냐"는 노래도 있지만, 그것은 호박꽃을 모르는 사람들이 하는 이야기다. 잘 익은 호박 겉껍질처럼 노란 호박꽃은 보기만 해도 탐스럽고 예쁘기 때문이다. 가끔 이슬을 머금고 피어난 호박꽃을 보고 있으면, 그 안에 들어가 꿀을 따는 호박벌의 몸놀림이 어찌나 신기한지 한참 정신을 놓을 때가 있었다. 또한, 날이 저물어 으슥해질 때쯤 반딧불이 두어 마리를 잡아 호박꽃 속에 넣고 입구를 오므리면 반딧불이가 깜빡깜빡 하는 등대처럼 반딧불 초롱이 되기도 했다.

호박꽃이 지고 난 뒤 열리는 애호박은 전을 부쳐 먹어도 맛있었다. 냇가에서 잡은 다슬기를 넣고 함께 끓이면 다슬기에서 나온 푸르스름한 색깔과 연푸른 호박 빛깔이 한데 어우러져 신비한 맛을 만들어내기도 했다. 서리 내리기 전, 어린아이 주먹만 한 호박과 연한 호박잎을 넣고 끓인 호박잎 국은 또 얼마나 감칠맛 나는지.

서리가 내리기 시작하면 호박을 거두어 방안 윗목에 차곡차곡 쌓아둔다. 겨울에 떡을 해 먹기 위해 썰어서 말리기도 하지만, 대부분 죽을 끓여 먹는다.

겨울이 깊어가던 어느 날 저녁, 할머니가 호박죽을 끓이기 위해 내게 호박 속을 긁어내라고 한 적이 있다. 그 때문에 호박죽만 떠올리면 호박 속을 긁어내던 놋수저가 아직도 눈에 선하다. 얼마나 오랜 세월 호박 껍질을 긁었던지 반쯤 닳은 놋수저를 갖고 박박 긁어 호박을 칼로 쪼개면 하얀 호박씨가 가득 들어 있었다.

호박씨는 물에 씻어 아랫목에 널고, 할머니에게 껍질이 다 벗겨진 호박을 가져다주면 얼마 안 있어 감칠 맛 나는 호박죽이 완성되었다.

"우리 손자 오래 기다렸자. 자, 많이 묵어라."

호박에다 쌀가루를 약간 풀어 쑨 호박죽을 얼마나 좋아했던지. 그래서 할머니는 내가 군대에서 휴가를 나왔을 때도 잊지 않고 호박죽을 끓여주셨다.

"얼렁 묵어라. 지금도 호박죽을 좋아허는구나."

지금도 겨울 저녁이면 할머니 생각이 무시로 나곤 한다. 할머니가 끓여주시던 호박죽의 그 달곰하던 맛과 할머니와 함께했던 그 시절이 그립기 때문이다.

"할머니, 호박죽 또 끓여주실 거죠?"

그러면 어디선가 들려오는 듯한 할머니의 그리운 목소리.

"그랴, 그랴. 우리 손자가 묵고 싶다믄 언제라도 해줘야제."

내가 먹어본 가장 맛있었던 고구마

"아가, 얼렁 일어나그라. 눈이 겁나게 왔시야."

추운 겨울 아침, 할머니의 목소리에 부스스 일어나 문을 열고 마루로 나선다. 마당과 상관이네 지붕, 담벼락 할 것 없이 소복하게 눈이 쌓였다. 얼추 10~15cm는 됨직하다.

싸리비를 들고 큰길까지 눈을 쓰는 것은 나의 일이었다. 하얀 쌀가루처럼 수북하게 쌓인 눈을 양쪽으로 쓸다 보면 어느새 큰길에 이르고, 고샅길(마을의 좁은 골목길)은 어느새 누가 쓸었는지 하얀 길이 이어져 있다. 하얗게 이어진 이 길은 도대체 어디로 이어져 있을까. 고개를 갸웃거리며 집으로 돌아온다.

사실 겨울 아침이면 꼭 해야 할 중요한 일이 있었다. 고구마 가마니에서 맛있고 잘 생긴 고구마를 골라서 눈 속에 파묻어 두는 것이다. 그리고 그것을 까맣게 잊고 있다가 밤 8시가 넘어 눈 속에서 꺼낸다. 잠시 잡고 있기도 힘들 만큼 손이 시렸지만, 그것도 잠시. 곧 호롱불 앞에 앉아 사각사각 고구마를 깎았다. 달곰하던 고구마의 그 맛. 지금도 그 맛을 잊을 수 없다. 싸늘하면서도 달착지근하던 그 맛. 아마 그때까지 내가 먹어본 최고의 맛이었을 것이다.

지금도 겨울이 깊어 흰 눈이 소박하게 내리면 눈 속에 고구마를 묻은 뒤 꺼내던 어린 날의 내 모습이 떠오르곤 한다. 그 작고 가녀린 소년이 맛보았던 고구마 맛은 과연 어떤 맛이었을까.

가을 산에만 가면 신이 나는 이유

늦은 가을이나 봄에 달리 할 일이 없을 때면 아버지와 함께 산에 들어가곤 했다.

어느 해 봄이었다. 아버지가 작은 망태기를 내주며, 당신은 큰 망태기를 챙겼다. 곡괭이와 낫, 그리고 삼베 보자기에 보리밥과 된장만 챙기면 산행 준비는 끝이었다.

백운동 마을을 지나 노루목고개를 넘어 전전바위를 거치면 망태골 입구에 이른다. 그리고 거기서부터 여러 갈래로 길이 나뉜다. 망태골로 해서 선각산을 오를지, 열두골로 해서 선각산을 오를지, 아니면 장자골로 해서 시루봉과 홍두깨재 쪽으로 방향을 잡을지는 순전히 아버지 마음이었다. 그 시절 아버지는 오늘날 도보답사팀에서 말하는 길을 안내해주는 깃발이자 답사 여행의 길잡이였고, 나는 그 깃발을 따라가는 길손이자 답사객에 지나지 않았다. 어쩌면 그때 아버지에게서 살아있는 답사 여행 노하우를 터득했기에 지금 내가 답사 여행의 길잡이 노릇을 하고 있는지도 모른다.

그날도 마찬가지였다. 장자골 아래를 지나던 아버지가 나를 급히 불러 세우더니, "저것이 바로 천마란다."라며 뭔가를 손가락으로 가리켰다. 그리고 곧 그쪽으로 가서 땅을 파기 시작했다. 황갈색 붉은 꽃대가 올라온 그 줄기를 한참 캐자 마치 검은 고구마 같은 뿌리가 올라왔다. 그것을 감자처럼 깎아서 말렸다가 장에 내다 팔면 꽤 많은 돈을 받을 수 있다고 했다.

선각산 아래 신암리가 한눈에 내려다보이는 등성이는 쭉쭉 뻗고 씨알 굵은 산더덕 집산지였다. 운이 좋은 날은 한 말쯤 캐고, 보통은 그 절반쯤 캤는데, 그 당시 굵은 산더덕 한 말이면 쌀 한 말과 맞바꿀 수 있었다.

더덕을 많이 캐는 날이면 그것을 구워 먹기도 하고, 고추장에 찍어서 먹기도 하며, 맵게 탕을 해 먹기도 했는데, 저마다 맛이 다 달랐다. 그렇게 며칠을 먹다가 보면 방귀를 뀌어도 더덕 냄새가 났고, 화장실 역시 온통 더덕 냄새로 가득 찼다.

그 시절 산에는 눈부시게 흰 꽃이 피는 산작약은 물론 산당귀, 조금만 입에 넣고 씹어도 입이 얼얼하도록 박하 향 비슷한 향내가 진한 '세신'이라고 불리는 족두리 꽃 등의 약초가 널려 있었다. 죽으라고 일해야만 쌀 서너 되를 받을 수 있는 남의 집 품팔이보다 나았다. 그 때문에 아버지는 산을 자주 찾았다. 혼자 가면 심심했기 때문인지, 아니면 학교 공부도 제대로 못 시킨 자식에게 약초라도 제대로 가르쳐서 밥은 굶지 않게 하려는 심오한 뜻이 숨어 있었는지는 모르지만, 나는 아버지를 통해 우리 산천에 대해 살아 있는 교육을 제대로 받을 수 있었다.

한번은 한의사를 비롯한 일행과 선각산으로 산행을 간 적이 있다. 봄이면 산당귀와 곰취, 알 굵은 더덕과 잔대, 고비 같은 미각을 돋우는 귀한 산나물이 지천으로 나서 싱싱한 나물을 채취하기 위해서였다. 그런데 놀라운 것은 한의대를 나온 한의사가 산당귀를 비롯한 산에서 나는 약재를 처음 보았다는 것이었다. 의아했다. 하지만 그의 말을 듣고 보니 비로소 이해가 되었다. 학교에서는 마른 약재만 갖고 실습을 한다는 것이었다. 그러다 보니 허준이나 유의태처럼 온 산천을 돌아다니며 약재를 채취하는 실습을 하지 않고도 한의사가 될 수 있다는 것이다.

한의사 역시 그럴진대, 일반인은 더 말해 뭐하랴. 산에 주렁주렁 매달린 머루나 다래, 으름은 말할 것도 없고, 산작약 꽃이 하얗게 피어 있어도 모르고 지나가기 일쑤다. 모르면 그나마 다행인데, 알지도 못하면서 개당귀를 먹기도 하고, 천남성을 산삼으로 잘못 알고 먹어서 목숨을 잃는 경우도 있다. 그러니 학교에서 수학이나 영어만 가르칠 게 아니라 먹을 수 있는 풀과 못 먹는 풀, 먹어도 되는 야생 과일과 약이 되는 풀, 나무, 버섯에 관해서도 가르쳤으면 한다. 나이 쉰이 넘은 사람들이 뽕나무에 매달린 오디나 벚나무에 달린 버찌를 처음 먹어봤다고 감격해 하는 것을 보면 가끔 씁쓸할 때가 많다.

점심때가 되면 아버지와 나는 물 맑은 시냇가에 자리를 잡고 점심을 먹었다. 삼베 주머니에 싸 온 밥을 펴 놓고 금방 캔 더덕을 까서 된장과 고추장에 찍어주며 먹으라고 권하던 아버지의 손길이 가끔 떠오른다. 어쩌면 그것은 나 역시 나이가 들었다는 방증이리라.

새색시 볼처럼 빨갛게 익은 홍시의 달콤한 맛

봄이다. 자주색 오동나무 꽃과 하얗게 피어 들판을 수놓은 찔레꽃 사이로 무수히 피어난 아카시아 꽃. 그 꽃들이 시들고 나면 골짜기마다 하얀 밤꽃이 흐드러지게 피고, 그 사이로 사람들 눈에 띄지 않게 감나무 꽃역시 몰래 피어난다. 대부분 사람이 꽃이라고 여기지 않는데, 그 푸르고 커다란 잎사귀에 숨겨진 채 노랗게 피어난 감꽃을 우리는 '감또개'라고 불렀다. 살짝 깨물어 먹으면 약간 떫으면서도 달착지근한 맛이 나서 좋은 간식거리가 되곤 했다.

감꽃은 염주와 같은 역할을 해서 실에 꿰어 목에다 걸기도 했다. 그 감꽃이 떨어진 자리에 새파란 감이 매달리고 8월 중순을 넘어서면 씨알이 제법 굵어진다. 그때부터가 우리가 가장 기다리던 시간이다. 아침에 학교 가는 길에 누르스름한 감이 떨어져 있으면 그걸 주워서 논에다 넣어둔다. 그때만 해도 농약이 없던 시절이라 오염을 걱정할 필요가 없었다.

따뜻한 논물에 담가놓은 지 한 이틀쯤 지나 그곳에 가면 알맞게 익은 감이 불그스름하게 변해있는데, 그 감을 꺼내 먹으면 홍시처럼 달착지근했다. 떨어진 감만 먹는 것은 아니었다. 새파란 감을 따서 조금씩 먹으면 그 떫은맛 뒤에 숨어 있는 달보드레한 맛, 그 맛이 우리를 매혹했다.

9월 초순에 이르면 감나무에 하나둘씩 홍시가 생긴다. 집 뒤껼에 늘어진 감나무의 감이 얼마나 맛있었던지, 나는 학교가 끝나기가 무섭게 감나무에 올라가곤 했다. 노르스름하게 변해가는 감잎 사이에 빨갛게 숨어 있는 홍시. 나는 지금도 그 맛을 가끔 떠올리며 입맛을 다시곤 한다.

가는골 우리 밭 옆에 서 있던 물감 역시 꿀맛이었다. 감을 따다가 놓고 찔레 가시로 살짝 구멍을 내서 입안에 넣고 쭉 빨아들이면, 어떻게 설명할 수 없는 맛있는 액체가 마치 바람 빠진 고무풍선처럼 얇은 껍질만 남기고 입안에 가득 퍼졌다.

그렇게 마을의 감나무 전체를 옮겨 다니다가 보면 가을이 깊어 가고, 서리가 내리고, 농사일이 거지반 끝난다. 그때쯤 감을 딴다. 일부는 제사 때 쓰기 위해 곶감을 깎고, 나머지는 광안에 쟁여둔다.

그 감이 진가를 발휘하는 것은 폭설이 내리는 한겨울이다. 점심때쯤 할머니가 꽁꽁 언 감을 내다가 방 윗목에 두면 겉부터 얼음이 차츰 녹는데, 저녁에 약긴 덜 녹아 얼음이 사각거리는 것을 수저로 떠먹으면 무엇과도 바꿀 수 없었다. 그래서인지 지금도 추억 속의 그 감을 생각하면 입안에 가득 침이 고이곤 한다.

그런데 우리가 그렇게 좋아했던 감을 요즘 아이들은 그다지 좋아하지

않는다. 내 어린 날의 잊히지 않는 추억 중 하나가 감나무에서 타잔처럼
이 가지 저 가지를 넘나들며 수줍은 새색시 볼처럼 빨갛게 익은 홍시를
따 먹었던 추억인데 말이다. 과연, 요즘 아이들은 나중에 나이가 들었을
때 어린 시절 추억 중 무엇을 가장 먼저 떠올리게 될까.

감 이야기를 하다 보니 빼놓을 수 없는 것이 있다. 바로 '고욤'이다. 감
의 원조 또는 감의 아버지라고 해야 할까. 고욤은 나뭇잎이 감잎보다 작
은 타원형이고, 과실의 크기는 매실의 절반쯤 된다. 감 씨앗을 심어서 감
나무가 되는 것이 아니고 고욤 씨를 심어서 그 가지에다 감나무 줄기를
접붙여야만 감이 된다. 감나무가 만들어지는데 결정적인 역할을 하는
고욤의 장점은 당도가 곶감이나 홍시보다 훨씬 더 높다는 것이다.

할머니는 언제나 늦은 가을이면 서리 맞은 고욤을 따서 곡간 깊숙한 곳에 넣어두셨다. 그리고 그 긴긴 겨울밤에 뱃속이 출출해지면 사기그릇에 그것을 두어 숟갈쯤 떠 오셨다.

"고욤 일흔 개가 감 하나만 못하다."라는 속담이 있는데, 내 기억 속에서는 그렇지가 않다. 한 입 떠서 입에 넣으면 순식간에 입안에 가득 퍼지던 그 강렬한 단맛! 물론 씨가 한입 가득하긴 하지만.

지금도 답사를 다니다가 고욤나무를 보면 몇 개씩 따먹기도 하고 파란 하늘에 쪼글쪼글하게 매달린 것을 보며 침을 삼키기도 한다. 특히 11월 중순쯤 부석사를 가면 무량수전 동쪽에 키 큰 고욤나무 아래서 떨어진 고욤을 주워 먹는 재미가 이만저만한 게 아니다. 부석사 답사에서 빼놓을 수 없는 기쁨 중 하나라고나 할까. 하지만 안타깝게도 몇 년 전 그것마저 베어져 사라지고 말았으니, 그곳을 찾을 때면 느끼던 나의 작은 기쁨 역시 사라지고 말았다.

이제는 볼 수 없어 더 그리운 것들

자연이 최고의 장난감이었던 시절

요즘 아이들에게 최고 놀이는 컴퓨터게임이다. 하지만 내가 어렸을 때만 해도 집 주변 동식물이 최고의 장난감이었다.

우리 집은 길가에 있는 집이면서도 모정 바로 앞에 있어서 마을의 첫 집이나 다름없었다. 특히 어느 때 쌓았는지 짐작조차 할 수 없는 담벼락을 보면 신기하기 이를 데 없었다. 크기도 모두 다르고 재질도 다른 돌들이 이상하게 맞물려서 무너지지도 기우뚱거리지도 않은 채 오랜 세월을 버티고 있는 것이 그저 신기할 따름이었다. 또한, 그 틈으로 집쥐는 물론 별의별 생물들이 드나들곤 했는데, 그중 압권은 누런 황구렁이였다. 아무도 모르게 허물만 벗어놓고 사라져 사람들이 "금세 구렁이가 지나갔구나."라며 짐작만 할 뿐이었다. 그러다가 가끔 어디서 나왔는지 알 수 없는 구렁이가 담벼락으로 들어가다 아이들에게 들키곤 했다. 이런저런 놀이에 지친 아이들에게 갑자기 나타난 구렁이는 전혀 색다른 놀이기구나 다름없었다. 아이들 네댓 명이 구렁이의 몸통을 붙잡고, 구렁이는 구멍 안으로 들어가기 위해 버둥거리고, 서로 이기기 위한 긴 싸움에 돌입해 있노라면, 지나가던 어른이 그걸 보고 이렇게 말하곤 했다.

"아야, 구렁이는 담벼락으로 들어가믄 등에 난 비닐을 세워서 잘 안 빠져야."

하지만 짓궂은 아이들이 그 싸움을 쉽사리 포기하겠는가. 결국, 구렁이와 아이들의 싸움은 아이들의 일방적인 승리이자 구렁이의 참혹한 비극으로 끝나는 경우가 많았다. 간혹 꼬리 끝부분을 잡았을 때 스르르 들어가 버려 아이들이 헛물만 켜는 경우도 있기는 했지만.

우리 집 담벼락은 어른 어깨 정도 높이였다. 그 안에서 제일 큰 나무가 두어 아름 되는 제법 큰 낙엽송이었고, 그 옆에 펑퍼짐하게 서 있는 나무가 '추자'라고 부르는 호두나무였다.

장독대를 사이에 두고 본채에 잇닿아 쌓은 작은 담벼락 바깥에 가을이면 맛좋은 홍시가 열리는 감나무가 서 있고, 담장 중간에는 몇 그루의 뽕나무가 무리를 지어 서 있었다. 그런데 한낮이면 가끔 대여섯 마리의 황구렁이가 뽕나무 밑에 똬리를 틀고 햇빛을 받는지 미동도 없이 가만히 있는 경우가 더러 있었다. 그 구렁이를 집안 어른들은 집안을 지켜주는 신령한 수호신으로 여겼다. 그래서 집안에서 그 구렁이를 잡으면 집안에 해로운 일이 생길 것이라며 어서 들어가기만을 빌었다. 하지만 그 예외도 있었다. 폐병(결핵) 환자들은 구렁이를 삶아 먹으면 폐병이 완치된다고 해서 구렁이가 보이기만 하면 잡아먹었다.

시시때때로 나타나 사람들에게 혐오감을 주기도 하고 아이들의 장난 감이 되기도 했던 구렁이. 과연, 그 많던 구렁이는 다 어디로 갔을까.

늘 발보다 작았던 검정 고무신

내가 어렸을 때만 해도 대부분 사람이 가난했다. 논 열두 마지기만 있어도 부자 소리를 들을 정도였으니 더 말해 뭐하랴. 그러니 아이들 신발 중 운동화는 당연히 찾아볼 수조차 없었고, 검정 고무신만 해도 황공무지할 정도였다. 다만, 발이 하루가 다르게 크던 시절이라 일 년에 한두 번쯤은 신발은 바꿔줘야 했다. 하지만 그 당시만 해도 그것이 가능한 일이 아니었다. 더욱이 논 서 마지기와 몇 평 안 되는 밭으로 여남은 명의 식구가 먹고살아야 했기에 신발이 작아도 작다고 말 한마디 할 수 없었다.

어린 시절 할머니가 고무신을 사준 일이 있다. 문제는 그 고무신이 내 발보다 작았다는 것이다. 하지만 작다고 불평할 수도, 먼 길을 다시 돌아가서 바꿀 수도 없었다. 할 수 없이 그걸 신다 보니 발가락마다 상처가 곪아 터지곤 했다. 그래서일까. 지금 내 발가락 중 제대로 볼만한 것은 겨우 세 개밖에 없다.

지금처럼 고무가 질기지 않아 신발이 너무 쉽게 찢어지는 것 역시 문제였다. 며칠 신지도 않았는데 쭉 찢어져 버리곤 했다. 그렇다고 다시 사 달라고 할 수도 없고 참으로 난감했다. 무엇보다도 "니 발에는 뭔 가시가 그리 많아서 신이 그렇게 쉽게 찢어진디야?"라며 언성을 높일 할머니가 무서웠다. 그러니 아무 말 없이 그저 기워 신는 게 상책이었다.

그렇게 해서 아침이면 다시 그 신을 신고 당당하게 학교에 갔다. 하지만 웬걸, 마을에서 7~8백m쯤 떨어진 숲 거리도 못 가서 그만 고무신이 다시 찢어지곤 했다. 맨발로 학교에 갈 수도 없고, 그렇다고 다시 집으로 돌아갈 수도 없었다. 할 수 없이 함께 가던 친구들을 먼저 보낸 뒤 산 위로 올라가 칡넝쿨을 거두어서 다시 끊어질세라 몇 번이고 동여맨 채로 겨우 학교에 갔다.

그 고무신, 그 기억 속의 고무신이 지금도 가끔 머릿속에 떠오른다. "한 아이가 벽에 기대어 울고 있다. 만일 일그러진 그 아이의 얼굴에 웃음을 피어나게 하지 못한다면 그 아이는 평생을 내 기억 속에서 울음을 그치지 않을 것이다."라는 생텍쥐페리의 《인간의 대지》에 나오는 구절처럼 쭉 찢어져 시체처럼 드러누워 있던 그 고무신을 난감한 표정으로 바라보던 작고 가녀린 소년과 함께.

진달래꽃 뒤에 문둥이가 숨어 있다

"나보기가 역겨워 가실 때는 죽어도 아니 눈물 흘리오리다. 영변의 약산 진달래꽃 아름 따다 가시는 길에 뿌리오리다."

김소월의 시 속에 남아 있는 진달래는 꽃도 아름답지만 마땅한 간식거리가 없던 시절 시골 아이들에게 감칠맛 나는 간식거리였다.

수업이 끝나기가 무섭게 온 산에 지천으로 피어난 진달래꽃을 따러 가면 무리무리 피어난 꽃이 반갑게 맞아주기도 했지만, 쉽사리 떠나지 않던 걱정이 있었다.

"진달래꽃 뒤에는 문둥병 환자가 있단다. 문둥병 환자는 어린애 간을 먹으면 낫기 때문에 숨어서 아이들이 오길 기다리다가 잡아서 간을 빼먹는단다."

화창한 대낮인데도 그 말이 무서워서 무리 지어 핀 진달래 동산에는 선뜻 다가서지 못하고 몇 잎 바람에 하늘거리면서 그 뒤가 환히 보이는 진달래만 따다가 배가 아프도록 먹었던 기억이 난다.

이렇듯 그 시절 아이들에게 진달래꽃은 아름다움과 함께 무서움의 표상으로 남아 있었다. 아름다움은 사람들에게 떠받들어지기도 하지만, 너무 아름다우면 시기나 질투의 대상이 되기도 하는 것이 예나 지금이나 변하지 않는 진리이다.

진달래꽃은 오랜 세월이 흐른 지금 보아도 아름답다. 마치 고향의 누이동생처럼 서글프고 애잔한 듯한 그 진달래꽃.

만화책에서부터 시작된 책과의 인연

'어떻게 하면 새로 들어온 만화를 볼 수 있을까.'

한창 만화에 빠져 지내던 시절, 내 머릿속은 온통 만화 생각뿐이었다. 잠을 자려고 누워도 천장에 보고 싶은 만화 장면이 펼쳐져 쉬이 잠을 이룰 수 없었다. 만화책을 보게 용돈을 달라고 하면 "너는 이태백이 되려고 책만 보냐?"라며 책망만 하는 아버지를 설득할 순 없고, 다른 방법이 없을까 생각하다가 새벽에야 좋은 방법이 하나 떠올랐다.

'아버지가 동생에게는 용돈을 잘 주니까 동생을 꼬드겨 만화책을 읽

어준다고 해보자.'

그렇게 해서 동생을 꼬드겨 용곤이네 만홧가게에서 평소 보고 싶던 만화를 다 볼 수 있었다.

흰바우에서 원촌으로 내려가며 시작된 나의 만화 읽기는 타의 추종을 불허했다. 그래서 지금도 나와 학교를 같이 다니던 사람들을 만나면 "자는 어릴 적에 만화만 봤는디."라며 말끝을 흐리곤 한다.

그러나 동생을 꼬드기는 것까지는 좋았지만, 글을 못 읽는 동생에게 그것을 읽어주는 것이 얼마나 힘든 중노동이었는지 모른다. 행여나 읽다가 귀찮아서 우물쭈물하기라도 하면 금세 동생은 으름장을 놓았다.

"성, 그라믄 다시는 여그 안 오네."

이래저래 힘들었던 만화 읽기는 4학년 말까지 계속되었다. 5학년이 되면서 만화 읽기를 그만두고 책의 바다에 빠졌기 때문이다.

산삼 잎도 모르면서 산삼을 찾아 다니다

"아무개 양반이 산삼을 캤디야."

별다른 화젯거리가 없던 시골 작은 마을에서 그런 소문은 호외나 다름없었다. 그러면 바쁠 것도 없는 마을 사람들은 하던 일을 모두 제쳐두고 산삼을 캤다는 그 집으로 몰려갔다. 산삼을 캤다는 그 아저씨는 평안도 사람으로 한국전쟁에 참여했다가 포로로 붙잡힌 뒤 남한을 선택해서 우리 마을에 정착한 사람이었다. 인사성 바르고 부지런해서 마을 사람들로부터 신망이 두터웠기에 사람들은 아저씨의 횡재를 너나 할 것 없이 자기 일처럼 기뻐했다.

"아따, 참 잘 됐소. 삼 값이나 많이 받으믄 좋겠네."라던 어른들의 덕담을 들으며, 그 집에 들어서자 작은 옹기 단지에 산삼이 빨간 열매를 달고 숨겨져 있었다.

"어디서 캤디야?"라는 물음에 아저씨는 "큰덕골에 나무하러 갔다가 캤어요."라고 했다.

그다음 날 아침, 학교 가는 길에 나는 보았다. 우리 마을 사람들뿐만 아니라 아랫마을 사람들까지 산삼을 캐러 큰덕골로 몰려가던 모습을. 그리고 우리 역시 학교가 끝나기가 무섭게 그곳으로 갔다.

큰덕골은 맑고 청정한 계곡으로 인해 사람들에게 널리 알려진 백운동 마을 건너편에 자리 잡은 후덕하게 생긴 산이다. 냇가를 건너 산에 들어서자마자 여기저기서 사람들이 눈에 띄었다. 하지만 어린 우리 눈에 보일 산삼이 어디 있으랴.

며칠 후 그때 그 아저씨가 캔 산삼이 쌀 스무 가마니 값에 팔렸다는 소문이 들려왔고, 아저씨는 곧 서울로 이사를 했다. 그 뒤로도 가끔 큰덕골에서 산삼을 캤다는 소문과 함께 "쌀 열 가마니 값을 받았네.", "다섯 가마니 값을 받았네."라는 얘기가 들려오곤 했다. 그때마다 큰덕골은 마치 장날처럼 사람들로 며칠씩 붐볐다. 하지만 우리 식구 중 누구도 그런 횡재를 하는 사람은 없었다.

가끔 고향을 방문해 그때와 변함없이 서 있는 큰덕골을 보면, 산삼의 잎도 모르면서 산삼을 찾겠다며 애쓰던 어린 시절의 내 모습이 떠올라

헛웃음이 나곤 한다.

가설극장의 추억

1960년대 중후반을 시골 면 소재지에서 보냈던 사람들은 대부분 가설극장을 기억할 것이다. 일 년에 한두 번씩 천막 영화가 들어와서 일주일쯤 영화를 상영하면 아이들부터 신이 났다. 소재지 공터에 천막이 둘러쳐지고 여기저기 벽보를 붙이고 나면 트럭에 탄 홍보반이 마을 구석구석을 누볐다.

"안녕하십니까? 문화와 예술을 사랑하시는 백운면민 여러분~. 오늘은 영화 ○○○○이 상영될 예정입니다. 시네마스코프 총천연색으로 ○○○와 ○○○가 주연하는 이 영화는 눈물 없이는 감상할 수 없는 영화입니다. 기대하시고, 감상하시라~."

'영화'나 '문화와 예술'이라는 소리만 들어도 농촌 총각들과 처녀들은 가슴이 설레던 시절이었다. 장터 부근에 살고 있던 아이들 역시 말할 나위 없다.

날이 어두워지면 온종일 농사일에 찌들었던 사람들이 가설극장 앞으로 몰려들었다. 짝을 지어서 오는 사람도 있었지만, 누군가를 만날 수 있지 않을까? 라는 막연한 기대를 품고 오는 처녀와 총각도 많았다.

대부분 사람이 당당하게 돈을 주고 표를 사서 들어가지만, 돈이 없는 아이들은 포장을 뚫고 들어가거나, 영화가 다 끝나갈 무렵 포장을 걷었을 때 조금이라도 볼 수 있는 요행을 바랄 뿐이었다. 만일 포장을 뚫다가 성공하면 처음부터 볼 수 있었지만 실패하면 붙잡혀서 출구 바로 앞에 손을 들거나 무릎을 꿇고 영화가 끝날 때까지 벌을 서야만 했다. 재수가 좋은 날(영화관이 터지게 사람이 많이 왔을 때)은 영화관 앞을 지키고 있는 기도(경비원이자 검표원)도 기분이 좋아서 영화의 마지막 3분의 1을 공짜로 볼 수 있었지만, 재수가 없는 날은 영화가 거의 다 끝나갈 때까지도 포장을 걷지 않는 경우가 많았다.

그런 영화를 보는 재미도 좋았지만, 영화가 끝나갈 무렵 비가 내리면 다음 날 또 하나의 이벤트가 우리를 기다리고 있었다.

비가 내리면 사람들의 마음이 심란해진 나머지 당황해서 허둥지둥 돌아가다가 돈을 떨어뜨리고 가는 경우가 많았다. 그런 새벽이면 인근 마을 아이들이 가설극장 앞으로 총출동한다. 물이 가득 찬 웅덩이나 쓰레기 더미를 손으로 뒤지다 보면 일 원짜리서부터 오 원, 십 원짜리 동전이 나오기도 했고, 운이 좋으면 빳빳한 지폐를 줍기도 했기 때문이다. 그래서인지 지금도 새벽에 비가 내리면 가설극장과 함께 비를 맞으며 웅덩이를 뒤지던 아이들의 간절한 표정이 불현듯 떠오르곤 한다.

가짜 약을 팔던 돌팔이 약장수

가설극장이 한바탕 마을을 휘젓고 지나가면 뒤이어 약장수가 그 자리를 잇곤 했다. 특히 약장수는 둘레를 치거나 장막을 치지 않아서 좋았다.

약장사의 승패는 아무래도 재담이 좋아야 했지만 젊고 예쁜 여자와의 동행 역시 필수였다.

지금도 가끔 언론에서 노인들을 상대로 만병통치약이라고 판 약이 불량상품이라는 기사를 보는데, 그 당시 그들이 파는 약은 진짜로 어떤 병이라도 금방 나을 수 있는 만병통치약처럼 느껴졌다.

장날이면 이 마을 저 마을 사람들이 한껏 멋을 낸 채 장에 나와서 약장수들이 데리고 온 원숭이 놀이를 보거나 약장수의 재담에 넋을 잃곤 했다. 그러다가 약장수가 "잠시 후 세상에 둘도 없는 것을 보여주겠다."라고 설레발이라도 치면 얼마나 좋은 것을 보게 될까 하는 기대감에 쉽사리 자리를 뜨지 못했다. 그때가 바로 약장수들의 진면목이 드러나는 순간으로, 그들은 순진한 농사꾼들의 약점을 파고들었다.

"온몸이 쑤시고 아플 때, 머리가 아프고 배가 아플 때, 이 약 한 번만 드셔봐! 거뜬하게 낫습니다."

그러면서 사람들 주위를 한 바퀴 돌면 대부분 사람이 그 약을 하나씩 샀다. 하지만 정작 보여주겠다고 한 것은 보여주지 않아 지금까지 그것을 본 사람은 아무도 없다. 매일매일 속고도 다시 속는 농사꾼을 매일매일 속이는 약장수. 그 맥이 지금까지도 이어져 가끔 방송에 등장하는 것을 보면 세상은 항상 돌고 도는 것임이 분명하다.

자연 학교에서 배운 소중한 것들

간식거리로 가득했던 가을 산

답사 때 내가 가장 자신 있는 것은 무엇인가. 나무와 풀에 관해 다른 사람보다 더 알고, 그중에서 먹을 수 있는 것과 못 먹는 것을 가려내는 기술을 갖고 있다. 어린 시절을 오로지 시골에서만 보냈고, 다른 아이들과 달리 정규교육을 받지 않은 채 살아남기 위한 생존 방식을 스스로 터득했기 때문이다.

새싹이 돋고, 꽃이 피고, 열매를 맺고 익는 것이 저마다 다른 것이 자연의 이치다. 봄이면 매화꽃이 가장 먼저 피고, 산수유가 그 뒤를 잇는다. 그리고 곧이어 진달래와 비슷하게 생긴 철쭉꽃이 피며, 진달래와 찔레꽃이 피기가 무섭게 자주색 오동나무 꽃이 피면서 밤꽃이 피기 시작한다. 이런 계절의 변화 속에 자연은 시골 아이들에게 적지 않은 간식거리를 제공하기도 한다.

봄이 되면 가장 먼저 아이들을 유혹하는 것은 풀밭에서 돋아나는 삐

비('삘기'의 방언으로 풀의 어린싹)다. 오동통한 풀잎을 헤치면 부드러우면서도 하얀 솜 같은 그것이 숨어 있고, 그것을 까서 입안에 넣으면 가슴에 단물처럼 스며들던 맛을 지금도 잊을 수 없다. 찔레순 역시 들판에 지천으로 널려 있었다. 마치 기둥 고사리처럼 살찌게 올라온 그것을 양손 가득 차게 꺾어놓고, 껍질을 까서 먹으면 그 달보드레한 맛이 일품이었다. 특히 붉은 고추장을 연상시키는 고추장 찔레는 아껴두었다가 집에 가서 고추장을 찍어 먹곤 했다.

뽕나무 열매인 오디 역시 빼놓을 수 없다. 특이 우리 집에는 마을에서 가장 먼저 익는 오디나무가 있었는데, 그 맛이 가히 무엇과도 바꿀 수 없었다. 하지만 너무 많이 먹으면 입이 새카맣게 되고 똥을 싸면 그 속에 하얀 씨가 보이곤 했다. 오디와 동시에 익던 열매가 벚나무에서 열리는 버찌였다. 앵두는 또 어떤가. 봄이면 처녀 붉은 볼 같이 예쁘고 수줍은 앵두나무가 우리를 유혹하곤 했다.

여름을 지나면서 입맛 당기는 풀잎이나 열매가 없을 때는 남의 밭에 심어진 오이나 참외, 수박을 서리해서 먹곤 했다. 가을이 시작되면 산에는 '청미래'라고 불리는 명감(명개) 알이 탐스럽게 굵어간다. 그것을 따 먹으면 싱긋한 맛이 났고, 실에다 꿰어서 목에 걸면 마치 스님이 목에 거는 염주처럼 보였다.

가을이 되면 맨 먼저 익는 것이 '조선 바나나'라고 불리는 으름이었다. 산딸나무에서 열리는 박달 역시 그런대로 맛이 있었다. 그 뒤를 이어 새머루, 퉁머루가 익어갔다. 마지막을 장식하는 것은 야생 과일 중 최고로 알려진 다래였다. 다래는 주렁주렁 열린 채 우리를 향해 손짓했다. 그것만이 아니다. 고수라고 불리던 싱아와 클로버처럼 생겼지만, 신맛이 나서 시금치라고 불리던 풀잎, 그리고 집집이 몇 그루씩 있어서 가을과 겨울 간식으로 사랑받던 감나무도 있다. 여기에 호두나무, 배나무, 대추나무 등 여러 가지 나무와 풀이 모여 조화를 이루면서 살아온 것이 우리 고향산천이다.

우리 교육에서 도외시 되고 있는 것 중 하나가 먹을 수 있는 풀과 먹을 수 있는 약재 등에 관해서 가르치는 생활 속 교육이다. 꽃에 관한 관심은 많은데, 정작 산천에 산재하는 약초나 식용 풀에 대한 관심은 너무도 빈약하다.

"교육 효과란 무엇인가? 자유롭게 굽이치는 시내를 밋밋한 도랑으로 만드는 것에 다름 아니다."

철학자이자 시인인 헨리 데이비드 소로의 말이 맞는다면 나는 들에서 제멋대로 자란 야생마이자 제멋대로 흐르는 시내에 지나지 않는다. 이 나라 산천이 나의 학교였고 연구실이자 도서관이었기 때문이다. 그런 점에서 나는 자연과 책에서 내 인생의 모든 것을 다 배웠다고 자신 있게 말할 수 있다. 그 때문에 나이를 제법 먹은 지금도 가을 산에만 가면 신이 난다.

지금의 나를 있게 한 고향의 산과 강

유년의 내 삶은 가난하고 외로웠다. 하지만 어떤 점에선 그래서 더 풍요로웠는지도 모른다. 프랑스 소설가이자 철학자인 사르트르가 "어려서 일찍 아버지를 잃은 것이 내겐 행운이었다."라고 말한 것과는 조금 다르지만, 나는 어린 시절을 부모님과 떨어진 채로 할머니와 단둘이서 살았다. 그래서 "아침에 일찍 일어나라." 또는 "열심히 공부해라."라는 간섭을 누구에게도 받지 않았다. 그 결과, 다른 사람보다 일찍 허전하면서도 달콤한 그 외로움의 의미, 즉 쓸쓸함의 의미를 깨우쳤는지 모른다. 한마디로 "나는 궁핍 속에서 살았지만, 그와 동시에 일종의 환희 속에서도 살았다."는 알베르 카뮈의 말이 딱 들어맞는 시절이었다.

또래 친구들과 잘 어울리지 못했던 나는 그만큼 혼자 있는 시간이 많았다. 그러다 보니 아침에 눈 뜨면서부터 잠들기 전까지 눈에 보이는 산과 강을 유일한 벗이자 스승으로 삼았다.

지금이야 집집이 수도 시설이 완벽해 수도꼭지만 틀면 물이 쫄쫄 쏟아지지만, 내가 어렸을 때만 해도 흐르는 물이나 마을 공동 우물, 깊은 샘에서 물을 길어다 먹었다. 내가 태를 묻은 고향 마을에는 마을을 관통하는 작은 냇물이 있었다. 마을 사람 모두가 그 물에서 나물을 씻고 빨래를 했으며, 그 물에서 세수하고, 무더운 여름이면 목욕을 했다. 그런가 하면 우리 할머니는 매일 아침 물을 길어온 뒤 하얀 사발에 정갈한 물 한 그릇을 떠놓고 내가 알아듣지 못할 소리로 무엇인가 소원을 빌기도 했다.

아직 잠이 덜 깬 나는 바로 앞집인 상관이네 앞을 흐르는 개울가에서 세수를 하며, 저 물은 과연 어디로 흘러갈까 생각하기도 했다. 그것이 무척 궁금해 사람들에게 물어보기도 했지만, 누구 하나 속 시원하게 가르쳐주지 않았다.

사립문을 밀고 나가 우리 집 담벼락 너머에 있는 모정에서 바라보면 주위는 온통 산이었다. 거기서 서쪽을 내려다보면 성수면 구신리와 백운면 덕현리 그리고 마령면 계서리까지 긴 능선이 마치 병풍처럼 펼쳐진 산이 보인다. 그 산이 바로 옛적에 백색 신마(神馬, 신령스러운 말)가 내왕했다는 내동산이고, 남쪽인 백암리와 동창리에 걸쳐 있는 산은 갈모처럼 봉우리가 뾰족하다고 해서 갈미봉이다.

다시 고개를 돌리면 산삼이 많이 나는 큰덕골이 있고, 그 뒤편으로 삼각형 모양의 선각산이 있다. 그 바로 뒤편에서 나를 인자하게 내려다보는 산은 봉우리가 덕스럽게 생겼다는 덕태산이다. 그뿐이 아니다. 그 모양이 감투 같다는 감투봉이 있으며, 감투봉 건너편으로 감투봉에 있는 장군을 보호하고 있다는 망바우가 보이고, 그 아래로 지대가 높아서 늘 흰 구름이 떠 있다는 백운동이 있다.

홍두깨처럼 생겼다는 홍두깨재는 장수군 천천면과 경계를 이루는 고개인데, 그곳에서부터 시작된 백운동 천이 웃 흰바우와 아래 흰바우를 지나 사기점이 있었다는 점촌을 지나면 원촌이다. 옛날 고을 원님이 부임할 때 이 마을에 숙소를 정했다는 이야기가 서려 있는 원촌과 주위에 넓은 바위가 많은 번바우를 지나면 내동산 기슭에 자리 잡은 내동마을이고, 그 마을 앞에서 백운동 천과 섬진강의 가장 상류인 제룡강이 만난다.

이렇듯 내 고향은 오지 중 오지지만 산천이 매우 아름답다. 그곳에서 나고 자란 것은 어쩌면 큰 행운이었는지도 모른다. 그러나 "생애 매 순간이 기적 같은 가치와 영원한 청춘의 모습을 스스로 지니고 있었다."라는 카뮈의 말을 충분히 이해하고 고향을 정감 어린 눈으로 바라다보기 시작한 것은 그 후로도 아주 오랜 세월이 지난 뒤였다.

화장실과 골프

모 방송국 시청자 위원을 몇 년간 지낸 적이 있다. 특이한 점은 모임의 취지와 달리, 그곳에 나가면 줄곧 골프 얘기만 듣고 왔다는 것이다. 회의를 시작하기 전부터 회의 후 식당으로 자리를 옮긴 후까지 오로지 골프 얘기가 전부였다. 한마디로 골프로 시작해서 골프로 끝이 났다.

과연 골프의 어떤 점이 그들의 마음을 사로잡았기에 그런 것일까. 그런 경험이 없는 나는 도저히 알 수 없다. 그러다 보니 골프를 치거나 테니스를 너무 티가 나게 치다가 신세를 망치거나 남의 입에 오르내리는 사람들을 바라보면 안쓰럽기가 그지없다. '세상에는 그보다 더한 즐거움이 얼마든지 있는데, 그것 한 가지에만 매달릴까?' 하는 마음이 들기 때문이다.

한번은 골프 얘기가 한창 무르익었을 때였다.

"저도 어린 시절에 골프를 많이 쳤습니다."

갑작스러운 나의 말에 한 사람이 정색하고 물었다.

"선생님은 꽤 유복한 어린 시절을 보내셨나 봐요?"

"그렇습니다. 전용 골프장이 있었지요."

"실례지만 고향이 어디세요?"

"전라북도 진안입니다."

"네? 그 시절에 진안에 골프장이 있었습니까?"

"예, 아주 큰 골프장이 있었답니다."

그러면서 나는 나의 어린 시절 얘기를 들려주었다.

그 당시 진안 산골에는 집집이 '측간'이라고 불리는 화장실이 있었다. 그곳에는 오늘날의 수세식 변기가 놓여 있는 것이 아니고, 큼지막한 돌 두 개가 놓여 있었다. 두 발을 딛고 용변을 볼 수 있을 만큼의 간격을 두고 놓인 그 바로 앞에는 아궁이에 불을 지핀 뒤 타고 남은 재가 가득 쌓여 있고, 한쪽에는 날이 닳을 대로 닳은 삽이나 나무 막대기가 놓여 있었다.

대변을 본 후 그 재를 허물어서 덮은 뒤에 그 삽이나 막대기로 대변을 거름 더미에 던지면 된 것을 쌌을 때는 한 번에 가기도 하지만, 묽게 쌌을 때는 여러 번을 던져야 거름더미에 올라갔다.

그 얘기를 하면서 나는 "그때 너무나 많은 골프를 쳤기에 지금은 골프에 큰 흥미를 못 느낀다."라고 했다. 그러자 당시 골프장을 짓고 있던 사람이 이렇게 말했다.

"그건 골프가 아니잖아요."

나는 그 말을 받아서 이렇게 말했다.

"아니, 왜 그게 골프가 아닙니까? 한 번에 들어가느냐, 두 번에 들어가느냐 하는 게 골프와 똑같지 않습니까?"

그러고는 한술 더 떠서 다음과 같이 제안했다.

"선생님이 만드는 골프장에 뒷간을 지어 놓고 한국 재래식 골프장이라고 하면 어떻겠습니까?"

그러자 그 자리에 있던 사람 대부분이 대꾸할 값어치도 없다는 듯 씨익 웃고 말았다. 그 이후 누구도 두 번 다시 내 앞에서 골프 얘기를 꺼내지 않았다

길 위에서 새로운 세상을 만나다

—— 긴 방황, 새로운 삶의 시작

절망하지 마라. 네가 절망하지 않는다는 것에도 절대 절망하지 마라. 이미 모든
것이 파국에 이르렀다고 여길 때도 무한한 힘을 일으키는 것, 그것이야말로 네가
살아 있음을 의미하는 것이다.

__ 프란츠 카프카, 《성》 중에서

지나고 보니 모든 것이 운명이었다

그 누구도 거부할 수 없는 운명이라는 길

5학년에서 6학년으로 올라가면서 아이들의 진로가 대부분 결정되었다. 집안 형편에 따라서 전주에 있는 학교나 가까운 마령중학교를 갈 것인지, 서울이나 전주에 있는 공장으로 갈 것인지, 그것도 아니면 농사짓는 부모를 도우며 농사꾼으로 살 것인지를 결정해야 했다.

백여 명의 아이들 가운데 중학교에 가는 아이는 고작 15~20여 명에 지나지 않았다. 유달리 가난했던 내 고향 흰바우 마을은 말할 것도 없고, 면 소재지인 원촌에서조차 많은 아이가 중학교에 진학하지 못했다.

나는 부모님이나 할머니에게 물어볼 것도 없이 이미 학교에 갈 수 없다는 사실을 알았기에 그저 무덤덤하게 현실을 받아들였다. 그러나 학교에서의 상황은 달랐다. 요즘 지방과 도시, 특히 강남과 강북에 사는 아이들의 편차보다 더 큰 벽이 아이들 사이에 있었다. 중학교 진학이 확정

된 아이들은 모든 일에 자신감이 묻어났고, 선생님 역시 그 아이들 위주로 수업을 진행했다. 그 때문에 나머지 아이들은 그냥 방치된 것이나 다름없었다. 어차피 공부를 안 할 바엔 오히려 그것이 더 편했는지도 모른다. 상급학교에 진학하기 위한 시험을 볼 필요가 없으니 선생님 말씀에 더는 귀 기울이지 않아도 되었고, 또 공부를 하네, 안 하네 해서 혼이 날 일도 없었기 때문이다.

나는 거의 다 본 책이 진열된 도서실을 들락거리면서 하루하루를 보냈고, 학교가 파하면 곧장 집에 가서 빌린 책을 읽었다. 그리고 졸업이었다. 내 생전 처음이자 마지막으로 받은 졸업장, 그리고 졸업사진. 그것이 내 학창시절의 마지막 추억이었다. 그런데 언제 사라졌는지 지금은 그 사진마저 없어지고 말아 내겐 청소년기의 사진이 단 한 장도 남아 있지 않다.

지금도 가끔 그때를 떠올리곤 한다. 그때 그 길은 "노란 숲속에 두 갈래 길이 갈라져 있었습니다."라는 로버트 프로스트의 〈가지 않은 길〉은 분명 아니었다. 당시 어린 우리에게 주어졌던 세 갈래 길은 우리가 선택할 수 있는 길이 아닌 정해진 운명의 길이었기 때문이다.

돌이켜 보면 가난도 운명이었다. 사람들이 가슴 아플 때마다 털어놓는 그 찢어지게 가난했다는 그 가난을 도스토옙스키는 《죄와 벌》에서 다음과 같이 말했다.

"가난은 죄가 아니라는 말은 진실입니다. 저도 음주가 선행이 아니라는 것 정도는 알고 있습니다. 그건 더할 나위 없는 사실이지요. 그러나 존경하는 선생, 빌어먹어야 할 지경의 가난은, 즉 극빈은 죄악입니다. 그저 가난하다면 타고난 고결한 성품을 그래도 지킬 수는 있습니다. 그러나 극빈 상태에 이르면 누구도 결코 그럴 수 없지요. 누군가가 극빈 상태에 이르면, 그를 몽둥이로도 쫓아내지 않습니다. 아예 빗자루로 인간이라는 무리에서 쓸어내 버리지요. 더 큰 모욕을 느끼라고 말입니다. 어쩔 수 없는 일입니다. 극빈 상태에 이르면 자기가 먼저 자신을 모욕하려 드니까요."

그의 말은 부인할 수 없는 사실이다. 그런데 가끔 '자발적 가난'이라는 말을 만들어 가난을 체험한다는 말을 들을 때가 있다. 가난은 글자 그대로 가난한 사람이 겪는 것이지, 어떻게 가난하지 않은 사람이 자발적으로 가난을 체험한다는 말인가. 한 마디로 어불성설이요, 말의 유희이자, 가난한 사람들에 대한 조롱에 불과하다. 그런 점에서 "가난 속에서는 몸에 지닌 빛도 자취를 감추나니."라는 시인 유베날리스의 말은 일견 타당하다고 할 수 있다. 그래서 니체의 말에 고개를 끄덕일 때가 많다. "인간의 위대함을 나타내는 공식은 운명애다. 필연적인 것은 감내해야 한다. 나는 이제 모든 것을 긍정하고자 한다. 눈길을 돌리는 것, 그것이 나의 유일한 부정이 될 것이다."

가난했기에 나는 다른 사람들과 아주 다른 삶을 살 수 있었다. 어쩌면 그것은 나의 정해진 운명이었을 것이다. 그러나 그것이 거부할 수 없는 운명이었음을 깨달은 것은 아주 오랜 세월이 흐른 뒤였다.

월급도 받지 못했던 처음이자 마지막 직장생활

초등학교 졸업 후 아이들은 중학교에 진학하거나 서울 또는 전주 공장에 취직하여 고향을 떠났다. 나는 할 일 없이 집에 머물고 있었는데, 한 달쯤 지난 어느 날 밤, 어머니가 나를 조용히 불렀다.

"작은 외삼촌이 너를 취직시켜 주기로 했어야. 낼 나허고 서울 가자."

달리 할 일도 없었기에 거부할 수도 없었던 나는 다음 날, 어머니와 함께 백운 소재지에서 임실역으로 버스를 타고 가서 서울 가는 밤 기차에 몸을 실었다.

어머니는 행여 나를 놓칠세라 내 손을 꼭 잡고 비좁은 통로를 비집고 들어가 겨우 자리를 잡았다.

"이 자리를 절대 잊으믄 안 된다."

어머니의 신신당부를 듣는 사이 기차는 느리게, 느리게 서울을 향해서 움직였다. 처음 가 보는 서울에 대한 설렘 때문이었는지 아니면 낯선 곳에 대한 두려움 때문이었는지 몰라도 작은 내 가슴은 콩닥콩닥 두근거리기만 했다. 분명한 것은 행여 어머니를 놓칠세라 노심초사하며 한숨도 잠을 이루지 못했다는 것이다.

그 비좁은 기차 속을 사람들은 쉴 새 없이 들락거렸고, 소주나 맥주를 마신 사람들은 고래고래 소리를 질렀다. 하지만 그 정도는 약과였다. 자리 때문에 질펀한 욕과 함께 싸움판이 벌어지기도 했기 때문이다. 그런 진풍경 속에서도 귤이나 삶은 달걀을 사 먹는 사람들이 있었고, 코까지 골며 자는 무신경한 사람들도 있었다. 그것을 보며 나는 세상이라는 것이 이렇게나 천태만상임을 조금씩 깨달았다.

그렇게 해서 도착한 서울은 나를 큰 혼란에 빠뜨렸다. '과연 내가 이 혼잡하고 정신을 빼놓을 듯한 곳에서 살 수 있을까? 서울에서는 금세 코도 베어간다는데.'라는 두려움에 사로잡혔기 때문이다. 다행히 어머니와 나는 사람들에게 물어물어 작은 외삼촌 집에 무사히 도착했다. 그 무렵 외삼촌은 철물점을 하고 있었다. 철물점 문을 열고 들어서자 외삼촌의 반가운 목소리가 우리를 맞았다.

"동생 왔는가? 이짝으로 와. 정일이도 잘 왔다."

어머니의 단 하나밖에 남지 않은 오빠, 즉 나의 외삼촌은 우리 둘을 그렇게 맞았다. 그런데 집안 이야기를 나누는 사이 심심해서 가지고 온 책을 꺼내 읽자 곧바로 외삼촌의 질타가 이어졌다.

"공장에 취직하러 온 놈이 뭔 놈의 책이냐?"

그 말에 나는 즉시 심상치 않은 기류를 느꼈다.

"서울은 무서운 곳이여. 정신 똑바로 차리지 않으면 살 수 없단 말이여. 윗사람 말 잘 듣고 고생스러워도 참어야혀. 알았자?"

나는 달리 할 말이 없어서 "예"하고 대답하고 말았다.

그날 하룻밤을 같이 지내고 어머니는 다음 날 다시 고향으로 내려갔다. 우리 모자의 이별이 어땠는지는 잘 기억나지 않는다. 다만, 위압적인 서울 분위기와 외삼촌의 융통성 없는 성격에 압도된 나머지 정신을 똑바로 차리지 못했으리라 짐작할 뿐이다.

다음 날 외삼촌은 버스를 타고 나를 어딘지 모르는 곳으로 데려갔다.

도착하고 보니 과자를 만드는 제과 공장이었다. 외삼촌은 나이가 마흔 정도 되어 보이는 아저씨(알고 보니 그 공장의 공장장이었다)에게 "야 가 내 조카요. 일 좀 잘 가르쳐 주시오?"라며 나를 인계한 뒤 "뭔 일이 있어도 꾹 참고, 책 같은 건 절대 보지 말고, 과자 만드는 일만 배워라."라고 한 뒤 곧바로 돌아갔다.

알고 보니 그곳에는 내 또래 아이들이 십여 명쯤 더 있었다. 나는 거기서 곧바로 일을 배당받았다. 연탄을 가는 일이었다. 날마다 이 화덕에서 저 화덕으로 옮겨 다니며 연탄을 가는 나날이 이어졌다. 그와 함께 내가 있어야 할 곳은 이런 곳이 아닌데, 라는 의구심이 고개를 들기 시작했다. 그러자 그렇지 않아도 싫은 연탄 냄새가 죽기보다 싫어졌다.

그렇게 보름쯤 지냈을까. 나는 공장장에게 일이 적성에 맞지 않아 그만두겠다고 한 뒤 영등포역으로 가서 고향으로 가는 밤 기차에 몸을 실었다. 처음이자 마지막이었던 내 직장생활은 그렇게 월급 한 번 받지 못하고, 그래서 부모님께 제대로 된 월급봉투 한 번 드리지 못한 채 막을 내리고 말았다.

간혹 그때를 떠올릴 때가 있다. 만일 그때 내가 제과 공장 일을 제대로 배웠다면 제과 기술자가 되었을까. 만일 그랬다면 돈을 벌어서 유명한 제과점 사장으로 자리 잡을 수 있었을까. 아니면, 이직해서 다른 삶을 살고 있을까. 아무리 생각해도 손재주도 그다지 없고, 돈 버는 데 적합하지 않은 내 성품 때문에 제과 기술을 제대로 배웠을 리는 없고, 중간에 다른 길로 빠졌을 확률이 높다. 그러고 보면 참으로 알 수 없는 것이 내 마음이고 세상일이다.

희망이라고는 없었던 삶, 긴 방랑의 시작

짧은 서울 생활을 마치고 고향에 내려왔지만, 친구 하나 없을뿐더러 달리 할 일도 없었기에 무료한 나날이 이어졌다. 그 무료함을 달래기 위해 나는 매일 이집 저집에 있는 책을 빌려다 읽으며 허송세월했다. 그런 가운데도 일말의 희망을 품고 있었다. '나는 세상의 특수한 존재이고, 내가 세상의 중심이며, 나를 위해 이 세상은 존재한다. 따라서 지금 내가 겪고 있는 고통은 하늘이 나를 담금질하기 위해 준 시련에 지나지 않는다.'라고 생각한 것이다.

그때 나는 성 프란체스코가 말한 "시련과 고난의 십자가는 우리의 것이므로 뽐낼 수 있다."라는 말이나 "진정으로 위대한 사람들은 이 세상에서 위대한 슬픔을 느껴야 한다고 생각해."라는 도스토옙스키의 《죄와 벌》에 나오는 라스콜리니코프와 비슷한 생각을 하고 있었다. 그런데 곧 그게 아님을 깨달았다. 그것이 허무맹랑할 뿐만 아니라 내가 겪고 있는 상황 역시 거부할 수 없는 현실임을 깨달은 것이다. 그때의 그 허망함이란 뭐라 표현할 수 없을 정도였다.

"나는 이제 아무것도 아니다. 즐거워서 사는 것도 아니다."

프리드리히 횔덜린의 이 시처럼 그 후 '희망 없이 기다리는 세월'이 아주 오랫동안 이어졌다

아무런 희망도 없고, 달리 할 일도 없었던 것이 그때 내 생활이었다. 새

로운 공기, 즉 돌파구가 필요했다.

'더는 이렇게 살 수 없다. 새롭게 시작하자.'라는 결론에 도달한 나는 나와 사정이 비슷한 아이들과 모의한 끝에 함께 대운이 고개를 넘어 도망가기로 했다. 그렇게 해서 깊은 밤, 집에서 쌀 두어 되씩을 훔친 후 반드시 성공해서 돌아오겠다며 첫 번째 가출을 감행하였다.

우리는 행여 가족이나 아는 사람에게 붙잡힐세라 뛰다시피 걸어 임실역으로 향했다. 하지만 우리의 일탈은 곧 실패로 끝나고 말았다. 대운이 고개 중간쯤에 있는 주막 주인에게 붙잡혔기 때문이다. 결국, 우리는 그 집에서 아침을 맞았다.

"야, 이놈의 자식들아, 그렇게 도망가서 성공한 사람이 얼마나 있는 줄 알아. 얼릉 집에 가서 부모님 말씀 듣고 취직을 혀도 혀."

아침까지 잘 얻어먹고 집으로 돌아간다고 돌아섰지만 한 번 나왔는데 차마 돌아갈 순 없었다. 결국, 집으로 돌아가는 척하다가 산줄기를 타고 한없이 헤매다 내려간 곳이 임실군 산서면 소재지였다. 그리고 몇날 며칠을 걸었는지 몰라도 남원, 금지를 거쳐 섬진강을 건너 곡성에 닿고, 거기서 다시 철길을 따라 압록으로 갔다. 우리가 최종 목적지로 삼은 곳은 남식이네 친척이 산다는 곡성군 석곡면 어느 마을이었다. 그곳에 가려면 압록에서도 부성강 줄기를 따라 한참을 걸어야 했다.

지금 생각하면 이왕 가출을 했으면 수많은 기회가 있는 서울로 가는 게 좋았을 텐데, 왜 하필이면 그 외진 섬진강을 따라서 석곡까지 갔는지 알다가도 모를 일이다.

지금도 압록에서 석곡으로 가던 풍경이 마치 어제 일처럼 떠오를 때가 있다. 흙먼지 날리던 시골길에서 강물로 내려서면 그 맑은 강물에 고기가 지천이었고, 이름은 생각나지 않지만 여기저기 보이던 재첩 같던 조개가 무리를 이루고 있었다. 그곳에서 바라본 강은 유년 시절에 보았던 그 골짜기를 흐르던 물이 더는 아니었다.

할 수 없이 한 발 한 발 걸어서 다시 집으로 돌아오던 몇백 리 길. 일주일에도 두 세 번씩 떠나는 대책 없는 나의 방랑벽은 이미 그때부터 시작되었는지도 모른다.

두 번이나 도둑맞은 중학교 등록금, 출가를 결심하다

그렇게 두어 달이 지났다. 아무래도 내가 공장에 취직하거나 다른 일로 성공할 것 같지 않다는 판단을 내렸는지 부모님이 나에 관해 여러 번 상의하는 것을 먼발치에서 바라보곤 했다.

그러던 어느 날이었다.

"정일아, 인자 학교에 갈 수 있을 것이다. 돈은 다 준비해놨응게 아부지가 학교에 가서 등록금 내고 책만 타오믄 되야."

갑작스러운 어머니 말에 나는 곧 중학교에 갈 것을 믿어 의심치 않았다. 아버지 역시 마찬가지였다. 집에서 8km쯤 떨어진 중학교 이사장과 잘 아는 관계라면서 보결로 학교에 갈 수 있다는 말과 함께 곧 통지가 있을 것이라고 했다.

그때부터 나는 기대에 부푼 나머지 중학교에 못 간 몇 달의 설움도 잊어버린 채 어서 통지가 오기만을 기다렸다. 그러나 아무리 기다려도 감감무소식이었다. 그러자 뭔가 불길함을 느낀 어머니가 직접 학교에 다녀오겠다며 집을 나섰다. 몇 시간쯤 지났을까. 온몸에 힘이 다 빠지신 채로 돌아오신 어머니는 나를 보며 이렇게 탄식했다.

"내가 가고 싶어도 남자 위신 떨어질까 싶어서 대신 보냈는디…. 이럴 줄 알았다. 아이고, 정일아! 이 일을 어쩐다냐. 아버지가 돈을 안 갖다 줬단다. 아이고, 아이고, 내 새끼 불쌍혀서 어째야 쓸까. 인자 어떻게 산디야. 누구를 믿고 산디야."

그렇게 해서 나의 첫 번째 중학교 진학은 무산되고 말았다. 나중에 아버지한테서 들은 이야기는 그야말로 황당하기 그지없었다. 등록금을 가져다주기 위해 버스를 기다리고 있는데, 누가 정류소에서 팔을 붙잡으며 이렇게 말하더란다.

"이번 판이 크니께, 오늘 밤에 한 판만 잘 허믄 자식 대학교 다닐 것까지 다 딸 수 있을 것이여."

그 말에 그만 솔깃해서 그 사람을 따라갔고, 거기서 가진 돈을 다 잃고 말았다는 것이다.

"노름은 따도 하고 잃어도 한다."라는 말이나 "노름에 미치면 씨오쟁이(씨앗을 넣어 담이 두던 구너니)도 팔아먹는다."는 속담처럼 노름에 깊숙이 빠진 아버지에게 자식의 학비나 자식의 미래가 뭐 그리 대수였겠는가.

그렇게 일 년이 훌쩍 지났다. 어머니는 어떻게 해서든지 나를 중학교에 보내려고 부단히 애썼다. 자신의 실수로 중학교에 가지 못한 아들에게 미안함을 느낀 아버지 역시 마찬가지였다.

"이참에는 꼭 학교에 갈 수 있어야. 시골 학교가 아닌 전주에 있는 학교에 보내주마."

얼마 후 어머니는 계를 부어 탄 쌀 세 가마니를 팔아 돈을 마련해줬고, 나는 고모네 집에서 학교에 다니기로 약조했다면서 밝게 웃는 아버지를 따라 아침 일찍 전주 가는 버스에 올랐다. 얼마나 고대했던 일인가. 초등학교 2학년 때 가고 두 번째 가는 전주에서 학교에 다닌다고 생각하니 가슴이 절로 설레었다. 그러나 한편으로는 걱정이 되기도 했다. 나 같은 촌놈이 대처 생활을 버틸 수나 있을까, 전주 애들은 얼마나 똑똑할까, 라는 생각이 무시로 들었기 때문이다.

고모네 집은 말이 전주였지 시내에서 한참을 가야 하는 변두리였다. 나와 아버지는 팔복동이라는 곳으로 가는 버스를 타고 가서 고모와 사촌들을 만났다. 그리고 그다음 날 함께 내가 다녀야 할 학교에 갔다. 그런데, 웬걸 아버지가 말한 그 중학교가 아니었다. 쌀 세 가마니를 주고 들어가는 정규학교가 아닌 쌀 서 말도 안 줘도 들어갈 수 있는 비정규학교인 고등공민학교였던 것이다. 아버지는 쌀 세 가마니를 어머니로부터 받아서 쌀 서 말도 안 들어가는 돈을 들이고, 나머지 차액은 그 좋아하는 노름에 다 투자해서 이미 다 잃고 난 뒤였다.

이렇듯 내게 있어 정규 중학교에 진학하는 일은 사무엘 베케트의《고도를 기다리며》에서 에스트라공과 블리드미라는 두 주인공이 끊임없이 기다리고 있던 그 '고도'보다 더 멀고 험했다.

고모에게 잘 부탁한다는 말을 남기고 떠나는 아버지에게 내가 인사를 했는지 안 했는지는 기억에 없다. 그렇게 고모 집에 남겨진 나는 서너 달 동안 사촌 동생과 함께 그 학교를 그저 무심하게 다녔다. 그리고 정규학교가 아닌 대부분 가난한 집 아이들만 다니던 그 학교에도 나름대로 또 다른 세계가 존재한다는 사실을 알게 되었다.

하지만 그런 세상과 내가 타협하기에는 삶이 너무도 힘들었다. 나름대로 사람들에게서 벗어날 수 있는 방법이 무엇일까 생각하였지만, 답이 없었다. 줄기차게 이어지는 가난 속에서도 아버지는 항상 나를 실망하게 했고, 어머니는 전사처럼 매일 죽도록 일만 했다. 더욱이 고모네 집이 우리 집보다 형편은 조금 나았지만, 대학에 다니는 형과 중학생 누나 그리고 남동생 둘에 여동생이 둘이나 되다 보니 눈치를 보지 않을 수 없었다.

어느 날 밤이었다. 일찍 잠들었다가 도란도란하는 말소리에 깨어나 고모와 누나가 나누는 대화를 몰래 엿듣게 되었다.

"어쩌면 좋다냐. 니 외삼촌은 왜 자를 델다 놓고 보내준다는 쌀은 안 보내준다냐."

그 말을 받은 누나도 한몫 거들었다.

"그러게 말이여. 우리 식구 사는 것도 힘들어 죽겠는디."

그 말을 듣고서야 내가 처한 상황을 제대로 알 수 있었다. 나도 모르는 사이에 그러잖아도 가난한 고모네 집에서 천덕꾸러기가 되어 있다는 사실을 제대로 파악한 것이다.

그 후 나는 이런저런 생각으로 한숨도 잘 수 없었다. "아름다움은 진실이고, 진실은 아름다움이다."라는 영국의 시인 키츠의 말처럼 세상은 진실과 아름다움으로 펼쳐져야 하는데, 세상은 아름답지도 진실하지도 않았다.

그날 밤 뜬눈으로 밤을 지새운 나는 '이대로는 살 수 없다.'는 결론을 내렸다.

'그래, 절로 들어가자. 절에 들어가 중이 되어 온 세상을 떠돌며 살자.'

언제였던가. 책에서 보았던 지리산 자락의 화엄사가 떠올랐다. 그렇게 해서 나는 모든 미련의 끈을 접고 다음 날 아침 전라선 열차에 몸을 실었다. 여름이 한창 무르익어 갈 무렵이었다.

밤마다 몸을 뒤채며

잠을 이루지 못한다

전신의 마디마디가 쑤시고

정신은 갈수록 맑아져

새벽녘이면 온 세상이 한눈에 찬다

살아갈수록

마음 벌판에 바람은 세차게 불어

겨우 싹터서 꽃 피우려는

연약한 나무를 쓰러뜨리고

며칠씩 얼굴이 핼쑥하도록 앓아눕게 한다

__ 〈밤에〉 중에서, 1985년 8월 22일 作

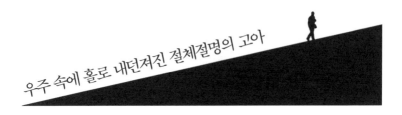

우주 속에 홀로 내던져진 절체절명의 고아

길지 않았던 스님 아닌 스님 생활

구례구역에 도착해서야 비로소 집에서 떠나온 사실을 실감한 나는 어떻게 해야 할지 잠시 망설였다. 하지만 더는 방법이 없었다. 결국, 나는 화엄사 가는 버스에 올랐다. 버스가 이동함과 동시에 나는 스스로 질문을 던졌다. 과연 잘 선택한 것일까? 그러나 영 자신이 없었다. 집에서 도망쳐 나왔으면 서울로 갈 것이지 왜 절에 들어갈 생각을 했을까. 지금도 그것이 의문이지만, 당시 나는 어린 나이임에도 산다는 것에 지쳐 있었을 뿐만 아니라 사람이 끔찍할 만큼 싫었다.

화엄사에 들어간 나는 지나가는 스님에게 용기를 내어 절에 온 이유를 이야기했다. 내 얘기를 들은 스님은 지금은 기억 속에 희미한 암자(훗날 알고 보니 '구층암')에 있는 한 스님을 소개해주었다.

그 스님은 40대 중반에 키는 중간쯤으로 호리호리했고, 매우 과묵해 보였다. 잠시 후 굵게 패인 주름이 세월의 더께를 짐작케 하는 스님이 방으로 들어오라고 하더니 내게 다음과 같이 물었다.

"어디서 무슨 일로 왔느냐?"

"예, 전주에서 중이 되고자 왔습니다."

"그래, 무슨 사연이라도 있느냐?"

"오래전부터 중이 되고자 했는데, 지금이 그때인 것 같아서 찾아왔습니다."

내 의도를 알아차린 스님은 더는 묻지 않고, 내가 묵을 방을 내주었다. 그곳에서 나는 허드렛일을 하며 두어 달을 지냈다.

그러던 어느 날, 스님이 나를 조용히 불렀다.

"힘들지 않으냐?"

"예, 힘들지 않습니다."

그러면서 한참 동안 나를 바라보던 스님은 나직한 목소리로 이렇게 말했다.

"너를 예의주시했는데, 너는 아무래도 절과는 맞지 않는 듯하다. 그러니 세상에 나가서 사는 것이 좋겠다."

그 말을 듣는 순간, 눈앞이 캄캄해졌다. 내가 처음으로 선택한 길, 더는 갈 곳이 없는 막바지라고 생각하고 찾아온 곳에서조차 다시 나가야 한다니. 내 생각은 아랑곳없이 스님의 말은 계속되었다.

"네가 큰마음 먹고 찾아와서 두어 달 머문 이곳에도 길이 있지만, 사람 마음이나 생김생김이 제각각이듯, 길 역시 여러 가지가 있단다. 그런데 네가 건너가야 할 길이나 강은 이곳이 아닌 다른 곳에 있는 것 같구나. 네가 나가서 마주치게 될 모든 순간, 모든 사람에게도 저마다 다른 길이 있을 것이다. 세상에 태어나서 살다가 가는 것 모든 것이 다 길이지만, 너만을 위한 길이 세상에는 준비되어 있을 거야. 그리고 이 세상에선 누구나 혼자란다. 그 혼자만의 길을 가라. 가서 세상의 바다를 헤엄쳐 보아라."

그게 어렴풋한 기억 속에 스님이 내게 한 말씀의 요지였고, 스님과 맺은 인연은 그것으로 끝났다. 당황한 내가 스님에게 더 있으면 안 되냐고 물으려 했지만, 스님은 노잣돈을 건네면서 "어서 떠나는 게 좋겠다."고 했다. 더는 스님에게 매달리는 게 무망하다는 것을 안 나는 그대로 물러설 수밖에 없었다.

절에서의 마지막 날 밤. 이른 저녁 공양을 끝내고 기거하던 방에 누워 있는데, 나 자신이 그렇게 한심할 수 없었다. 어디로 갈 것인가? 불과 두어 달 전에 다시는 돌아가지 않겠다며 나온 그 지옥 같은 집으로 돌아갈 수도 없고, 그렇다면 서울로? 아니다, 서울도 내가 갈 곳은 아니었다.

이런저런 생각에 잠도 오지 않는 밤이었다. 문을 열고 절 마당으로 나갔다. 무수한 별이 하늘에서 반짝이고 있었다. 별이 큰 산 밑에서는 주먹보다도 더 크다는 것을 그 밤에 비로소 알게 되었다.

'별빛은 빛나는데, 내 마음은 왜 이리 어둡지?'

몇 번이고 스스로 물어도 답을 찾을 수 없었다. 그러다가 한 줄기 바람이 뺨을 스치고 지나가며 이렇게 속삭이는 듯했다.

"너무 걱정하지 마! 길은 어딘가로 이어질 거야"

다음 날 아침, 암자를 떠날 때 스님은 먼발치에서 나를 안쓰럽게 바라보고 있었다. 그때 그 스님의 눈빛이 지금도 선명하게 남아 있는 것은 왜일까. 어린 내 영혼은 상처와 절망이 뒤범벅된 채로 절을 나설 수밖에 없었다. 행자 아닌 행자, 스님 아닌 스님 생활은 그렇게 끝이 났다. 하지만 그때 그 절망 속에서 화엄사에서 구례구역까지 걸어 나오면서 문득 이런 생각이 들었다.

'인생이란 예기치 않은 놀라운 일로 가득 차 있는 것인지도 모른다.'

지금도 가끔 그때의 일이 떠오를 때가 있다. 만일 그때 내가 행자 생활을 끝내고 스님이 되었더라면 지금쯤 어떤 모습으로 살고 있을까. 내 성격을 놓고 유추해보자면, 성격이 맹목적이거나 단순하지 않기에 깨달음 역시 쉽지 않았을 것이다. 작은 절의 주지 자리 하나 꿰차지 못한 채 여러 절을 방랑하고 있을 것이 틀림없다.

그런데 지금의 나는 어떤가. 흐르는 구름과 스치고 지나가는 바람을 맞으며, 온 산천을 운수납자('여기저기 돌아다니는 승려'를 무상한 구름과 물에 비유하여 이르는 말)처럼 떠돌며 살고 있다. 그것을 보면 스님 팔자나 지금 내 팔자나 크게 다를 게 없음을 깨닫곤 한다.

일 년의 반 정도를 길 위에서 떠돌며 보내는 내 삶은 과연 언제쯤 끝이 날까. "삶이란 잠시 이 세상에 들른 것이요, 죽음이란 잠시 돌아가는 것"이라는 말이 정녕 맞는 것일까.

최초의 관공서 출입, 간첩 혐의를 받다

화엄사에서 구례읍까지 걸어가는 길은 제법 멀다. 절에서 나온 나는 그 길을 무작정 걸었다. 그 길을 걸으면서 앞으로 어떻게 할 것인지 스스로 물었다. 어디로 갈까? 서울? 부산? 그 두 갈래 길에서 나는 서울이 아닌 부산을 택했다.

'그래, 부산으로 가자.'

부산으로 가려면 먼저 역으로 가야 했다. 길이 낯설었던 나는 읍내에 들어서기 전부터 "역이 어디냐?"며 사람들에게 여러 차례 길을 물었다. 그러던 중 갑자기 뒤에서 '빵빵'하는 자동차 경적이 들리더니 몇 사람이 말을 걸어왔다. 경찰이었다.

낯선 사람이 길을 묻는 것을 수상하게 여긴 사람들이 나를 간첩으로 오인하고 경찰에 신고한 것이다. 그 자리에서 나는 간첩 협의를 받고 즉시 경찰서로 끌려가게 되었다. 그것이 최초의 관공서 출입이었다.

채 어린 티조차 벗지 못한 나를 간첩으로 신고한 사람도 그렇지만, 그런 나를 경찰서까지 데리고 간 경찰은 또 무엇이란 말인가. 결국, 가방 속에 들어 있던 온갖 내용물까지 다 확인한 후에야 경찰은 나를 보내주었다. 그 친절한(?) 경찰들을 뒤로하고 구례구역에 도착한 것은 늦은 오후였다.

구례구역에서 여수까지 완행열차는 느릿느릿 흘러갔다. 입산마저 좌절되고 나니, 문득 이렇게 살아서 뭐하나 싶은 생각이 들었다. 만일 그도 저도 안 된다면 소설을 쓰고 싶었다. 영화 〈저 하늘에도 슬픔이〉로도 제작된 이윤복 소년이 쓴 글 같은 소설을 쓰고 싶었다.

열차로 여수까지 내려간 나는 하룻밤 노숙을 한 후 난생처음 바다를 보았다. 푸르게 펼쳐진 바다. 이 넓은 바다에서도 무수한 사람들의 삶이 펼쳐지고, 삶이 이어지고 있다는 사실이 나를 설레게 했다. 문득 바다가 되고 싶었다.

오후에 부산 가는 배에 올랐다. 그러던 중 갑자기 뱃전에서 뛰어내리고 싶은 생각이 들었지만, 곧 생각을 고쳐먹었다. "그래, 이왕 이렇게 된 것 좀 더 살아보자."는 생각이 들었기 때문이다.

통영에 도착하자 배에 오른 사람들이 "충무 김밥 있어요."라고 외치며 지나갔다. 그렇게 해서 나는 그곳에서 충무김밥이라는 것을 처음으로 먹어 보았다. 배는 느릿느릿 출렁이는 파도를 헤치며 나아가 부산항에 닿았고, 나는 그곳에서 내려 이리저리 쏘다니다가 다시 열차에 몸을 싣고 울산역에 도착하였다. 이미 해가 저물어 저녁이 되었을 무렵이었다.

지금 생각해 보면 아무 대책도 없고, 희망도 없는 나를 살게 했던 것은 "살아 있다는 것은 행복이지만, 젊다는 것은 진정한 천국과도 같다."라고 했던 워즈워스의 아름다운 시구 때문이 아니었을까 싶다.

자유를 찾아 떠난 길, 그러나 갈 곳 없는 신세

울산에 도착한 나는 이미 갖고 있던 돈을 다 쓴 뒤였다. 어디를 봐도 희망이라고는 보이지 않았다. 더욱이 그곳은 낯선 타시였기에 내가 느낀 절망은 더욱 컸다.

마지막 희망을 품고 고래가 잡힌다는 장생포에 가기 위해 버스를 기다릴 무렵, 유독 눈에 띄는 사람이 있었다. 불과 몇 달 전, 잠시 마주친 사람이었다. 전주 팔복동에 있던 큰고모네 집에서 고등공민학교를 다닐 때 큰고모에게 인사차 들렀던 사람으로 아버지의 절친한 친구의 둘째 딸이 었다.

어떻게 할까. 다짜고짜 내가 누구임을 밝히고 도움을 요청할까, 아니면 그냥 뒤따라갈까. 하지만 이도 저도 자신이 없기는 마찬가지였다. 할 수 없이 그냥 발걸음이 허락하는 대로 따라가면서 생각하기로 했다.

당시 울산은 초라한 어촌으로 막 개발이 시작되고 있을 때였다. 얼마쯤 따라갔을까. 여자가 어느 집으로 쑥 들어갔다. 나는 그 집 대문 앞에서 오래도록 망설였다. 들어가 부딪칠 것인가, 그냥 돌아설 것인가. 이제 수중에 남은 돈이라고는 장생포에 갈 차비밖에 없었다.

그때 나는 두 끼를 굶은 뒤라 기운이 거의 남아 있지 않았다. 배고픔은 결국 나의 가장 적이면서 나의 견고한 성인 내성적인 성격까지도 이겨내고, 기어이 나를 대문 안으로 밀어 넣고야 말았다.

"누구세요?"

그 여자였다.

"저는 전주에서 온 아무개입니다."

내가 누구라는 것을 밝히자, 그 여자는 다음과 같이 말했다.

"나는 잘 모르는 사람이니, 어서 이 집에서 나가주세요."

그때 방안에서는 몇 사람이 밥을 먹고 있었는데, 어린아이가 있는 것으로 보아 결혼한 지 얼마 되지 않은 신혼인 듯했다.

빈말이라도 "밥이라도 먹고 가라."는 말도 없이 대문 밖으로 나를 몰

아세우던 그 여자. 세월이 흐른 뒤 그 당시의 정황을 이렇게 저렇게 생각해보곤 했다. '어쩌면 그 여자는 내가 자기 뒤를 밟는 것을 눈치챘는지도 모르고, 내가 자기 집에 진드기처럼 들러붙거나 나쁜 짓을 할 사람으로 오인했는지도 모른다.

지금도 가끔 그 순간을 떠올리면 입술을 깨물며 돌아서던 그 대문이 떠오르고, 울컥 되살아나는 배고픔으로 인해 가슴이 멍해진다.

바람이 불지 않는 인생은 없다

나는 이미 갈 곳도 없었고, 여비도 똑 떨어진 상태였다. 꿈이 남아 있다면 오직 고래를 보고 싶다는 열망뿐. 왜 그토록 고래를 보려고 했는지는 잘 기억나지 않는다. 다만, 망망대해를 외롭게, 혹은 늠름하게 헤엄쳐 다니는 고래의 삶과 자유를 동경하지 않았나 싶다.

장생포에 도착하자마자 운 좋게도 나는 고래를 볼 수 있었다. 장생포 항구에 누워 있는 어지간한 배보다도 더 큰 고래를. 그런데 그 고래는 살아 있는 것이 아니라 죽어 있었다. 그 사실을 알고 순간 깨달았다. 내가 꿈꾸며 동경해 마지않았던 고래의 삶도 절대적으로 자유롭지 않으며 행복한 것은 아니라는 사실을. 세상 어디에서건, 누구의 삶이건 생과 사가 계속된다는 것을. 바다의 제왕이자 바다의 신사라고 알려진 고래 역시 결국 이렇게 사라져 간다는 것을. 아직 어린 나의 삶 역시 돌아가고 또 돌아가고 있다는 사실을.

결국, 마지막 남은 여비마저 똑 떨어지고 말았다. 이제 어떻게 한다? 가만히 있느니 차라리 걷기로 했다. 그렇게 해서 울산에서 경주까지 나는 걷고 또 걸었다. 하지만 거기까지였다. 배고픔에 지친 나머지 경주역에서 한 발짝도 더는 움직일 수 없었다.

그다음엔 더 말해 뭐하랴. 경주에서 대구로 가는 도둑 열차를 탔는데, 내릴 곳을 모르는 내게 누군가가 샛길을 가르쳐줬고, 대구 시내를 정처 없이 걷다가 구두 닦는 청년들을 만났다. 그들 집에서 며칠 묵으면서 세상에 관해 이런저런 말을 많이 들었다. 지금도 그들을 생각하면 고마움이 앞선다. 그들 입장에서는 갈 곳 없는 나를 똘마니나 구두닦이로 만들 수도 있었을 텐데, 그들은 나를 집으로 돌아가게 해주었다. 내가 순진해 보였거나 아니면 당시 그들의 삶 역시 매우 힘들었기 때문일 것이다.

"고생을 더 하는 것이 좋을 끼다. 그러니 대구에서 고향까지 한번 잊어버리고 걸어가 봐라. 시간은 쪼매 걸릴 끼다. 그러나 앞으로 세상을 사는 데 큰 경험이 될 끼야."

그 말을 듣고 나는 고령을 거쳐 합천, 거창을 지나 장수까지 몇날 며칠을 걸었다. 그 길에서 겪었던 수없이 많은 우여곡절을 어떻게 말로 다 설명하랴. 어떤 날은 남의 집 추녀 밑에서 잠을 자기도 했고, 어둠 속에서 별을 보며 하염없이 걷기도 했다.

변하지도 않고 동요하지도 않는 길라잡이별인 북극성을 보며 어둠 속을 걸었다. 어떤 날은 산길에서 온종일 산딸기 같은 야생 열매를 따먹기도 했다. 있는지 없는지도 모르는 자유를 찾아 떠났던 길. 그 자유를 찾아 해방감을 제대로 누려보지도 못한 채 돌아오던 길. 내 마음은 한없이 서

글프고 슬펐다.

참혹했던 그 기억이 떠오를 때마다 나는 생텍쥐페리의 《전투조종사》의 한 대목을 떠올리곤 한다.

"해방이란 무엇인가? 내가 만약 사막에서 경험도 없는 사람을 해방시킨다면 그것이 무슨 의미가 있단 말인가? 그 어딘가에 갈 수 있는 사람에 대해서만 자유라는 말이 적용된다. 그 사람을 해방시킨다는 것은 그에게 갈증을 가르쳐주고 오아시스로 통하는 길을 안내해주는 것이다. 그래야만 비로소 그가 의미 있는 발걸음을 내디딜 수 있기 때문이다. 중량이 없다면 돌을 해방시킨다는 것은 아무런 의미가 없다. 왜냐하면, 그 돌은 자유롭게 된다 하더라도 갈 곳이 없기 때문이다."

그 말처럼 그때 나는 해방의 의미나 자유의 의미를 몰랐기에 다시 돌아올 수밖에 없었다. 돌아오던 길, 그렇게 멀었던 그 길을 걸어올 때 가장 힘들었던 것은 역시나 배고픔이었다. 돈은 떨어졌지, 가뜩이나 내성적인 탓에 어느 집이나 찾아가서 배고픔을 호소할 배짱도 없었다.

몇날 며칠을 걸은 끝에 장수 팔공산 북쪽에 있는 마령재를 넘었다. 백제 때 한 장군의 말이 이 고개에서 죽은 뒤 3년 동안 밤마다 말 우는 소리가 들렸다는 전설 속의 고개. 말이 고개지 제대로 난 길도 없었다. 수풀을 헤치고 그저 넘어가면 신암리가 있을 것이라는 생각으로 넘다 보니 소풍 때 여러 번 와서 낯이 익은 신암리 저수지가 나왔다. 그러나 그곳에서도 내 고향 백암리는 제법 멀었다. 시나브로 걸을 수밖에.

그렇게 해서 몇 달 만에 고향 집에 들어서자 할머니가 맨발로 뛰어나와 나를 붙들고 말없이 울기만 했다.

지금 생각해보면 그때 여행이 내 인생에 있어서 처음 시도했던 가장 긴 여행이자 방랑이었다. 동시에 새로운 돌파구를 찾아 나선 멀고 먼 여정이기도 했다. 얻은 것도 잃은 것도 없었다. 다만, 내가 혼자라는 것, 이 우주 속에 내던져진 절체절명의 고아라는 것, 내 식대로 살 수밖에는 없다는 것, 그것을 깨닫는데 그토록 오랜 기다림과 고통이 수반되었던 것이다.

배고픔에 시달리며 걸어서 고향으로 돌아가던 길. 먼지만 풀풀 날리는 신작로를 걸으면서 나는 꿈을 꾸었다. 집으로 가면 새로운 세상이 열릴 것이라고. 그러나 고향은 말 그대로 어느 것 하나 새로울 것도, 기대할 것도 없는 가난한 산촌일 뿐이었다. 그러다 보니 내 일상은 이도 저도 아닌 속에서 아무렇게나 함몰되어 갔다. 그 아픈 기억들이 나이가 들어가는 요즈음 다시 아름다운 기억으로 되살아나고 있으니, '세월이 약'이라는 이야기가 맞는 것일까.

"다른 사람들이 책을 쓰고 일을 하는 동안 나는 반대로 머리로 배운 모든 것을 잊어버리기 위해 3년 동안 여행을 하며 지냈다. 배운 것을 떨쳐 내는 것은 실로 느리고도 어려운 일이었다. 그러나 그것은 사람들로부터 강요되었던 그 어떤 지식보다도 더 유익했으며, 진실로 참다운 교육의 시초였던 것이다."

앙드레 지드의 《지상의 양식》의 몇 구절처럼 그 시기는 내게 있어 시련의 시절이었고, 새로운 삶의 시작이었다. 하지만 그때 이후 내가 다시 자유를 찾아 떠나기까지는 제법 긴 시간이 필요했다.

불고 가는 바람이 눈 앞을 가리고

굵어진 빗방울에 바지 끝이 젖어 온다

겨우 펴든 우산살이 우지끈 부러지고

도망치듯 사람들이 사라진 거리에

잎새 진 가로수가 떨고 있다

어느새 온몸이 젖어 들고

온다는 소식도 없이 불고 가는 바람 속을

한 번의 연습도 없이 비틀거리며 걸어간다

가며는 돌아오지 못할 그 길을

＿〈바람 속을 가는 사람〉, 1985년 10월 13일 作

긴 어둠 속에 나를 가두다

나를 무던히도 괴롭혔던 '집 콤플렉스'

"살다봉께 별일이 다 있네그려. 근다고 선술집을 차려, 쯧쯧!"

며칠 전부터 한숨만 푹푹 내쉬던 할머니가 한숨 끝에 하신 말씀이었다. 그때는 그게 무슨 말인지 몰랐다. 그저 할머니의 잔소리라고 생각했을 뿐. 그렇게 영문도 모른 채 며칠이 지났다.

"어머니 낼부터 문 여요. 큰애와 둘째 좀 당분간 맡아주시오."

얘기인즉슨, 당신의 큰아들인 아버지가 내일부터 술집 문을 연다는 것이었다. 하지만 내내 그것이 못마땅하던 할머니는 묵묵부답이었다. 나와 동생 역시 그제야 할머니가 한숨을 내쉬며 한 말의 뜻을 알았고, 부모님과 떨어져 살아야 한다는 것을 눈치챘다. 그러나 우리가 할 수 있는 것은 아무것도 없었다.

그런데 아버지가 "할머니 말씀 잘 듣고 잘 있어라." 하고 사립문을 나서려는 순간, 느닷없는 일이 일어났다.

"아부지, 나도 따라갈라요."라며 동생이 울음을 터트리고 만 것이다. 그런 동생을 아버지는 감싸 안으며 "좀 있다가 데려가마."라고 했다. 그런데도 동생은 막무가내였다. 숫제 발버둥을 치며 고집을 부렸다. 할 수 없이 아버지는 나와 동생을 데리고 원촌으로 향했다.

2년여를 큰 손자를 데리고 살았던 할머니의 눈에 눈물이 글썽거렸지만, 내 발길은 이미 아버지를 따라나서고 있었다. 그것이 내 인생에 있어서 첫 번째 이사였다.

처음으로 이사를 한 집은 백운면 소재지인 원촌에 있었다. 원촌은 조선시대에 백암원이 있었던 곳으로, 옛날 원님이 부임할 때 이 마을에 숙소를 정했다고 해서 지어진 이름이다.

아버지가 술집, 즉 주점을 열었던 집은 주조장 집에 달린 긴 집 중 가운데 집이었다. 백운에서 하나밖에 없는 주조장 옆에 이발소가 있었고, 바로 그 옆이 우리 집, 그 아래가 주조장 안집이었다.

술집 살림이라고 해봐야 네댓 명이 나무 의자에 앉아서 술을 마실 정도의 공간과 국수며 고기를 삶는 부엌, 술이 한 섬쯤 들어갈 수 있는 항아리와 대여섯 말쯤 들어갈 항아리 그리고 약간의 사발과 주전자가 전부였다. 그러나 그것마저도 우리 집이 아닌, 주조장집 주인과 친구 사이였던 아버지가 술집을 연다는 조건으로 세를 든 것이었다.

주막이 그런대로 잘 되는 날은 5일과 10일에 열리는 장날뿐이었다. 장날이면 아버지는 부지런히 움직였다. 돼지고기와 내장을 삶고 국수를 삶아 채반에 서리서리 놓고 막걸리를 큰 독에 가득 채웠다. 그리고 삶은 고기를 잘게 썰어 채반에 놓고 손님이 오기를 기다리셨다. 특히 언변이 좋고 사람들과 이야기하기를 좋아하는 아버지에게는 백운면민 모두가 친구나 다름없었다.

그때만 해도 시골에서는 닷새마다 열리는 장날이 축제나 다름없었다. 그 때문에 "망건 쓰고 장에 가니 투가리 쓰고 따라간다."라는 말이 있을 만큼 너도나도 장에 갔다 오는 게 빠질 수 없는 중요한 일과 중 하나였다.

그래서일까. 이 마을 저 마을 사람들이 저마다 한껏 차려입고 장에 가는 풍경은 바라만 봐도 즐거웠다. 하지만 시골 남자 어른들이 장에 가서 할 수 있는 일이란 별것 아녔다. 오랜만에 만난 친구들끼리 서로 술잔을 나누거나, 여기저기서 벌어지는 윷판을 들여다보거나, 그것도 아니면 '도리 짓고 땡'이라는 노름을 하는 것이 고작이었다.

아버지는 워낙 술을 좋아했다. 그래서인지, 뜻대로 되지 않는 세상에 대해 환멸을 느껴서인지는 몰라도 이 사람 저 사람과 술잔을 기울이다가 오후 세 시도 채 되지 않아 방에 드러눕는 경우가 많았다. 손님들은 한창 술을 마시고 있는데, 주인은 술에 취해 방에서 잠들어 있는 모습을 상상해보라. 보다 못한 내가 아무리 등을 떠밀어도 아버지는 꼼짝도 하지 않았다.

지금도 술 취한 아버지의 코 고는 소리가 생생하게 귓전에 남아 있다. 그런 학습 효과로 인해 나는 어른이 되면 술을 마시지 않는 것은 물론 담배도 피우지 않고, 노름 역시 하지 않겠다고 맹세했고 이를 확고히 지켰다. 그나마 어쩔 수 없는 사회생활 탓에 서른 살 무렵에야 술은 한두 잔씩 하게 되었지만, 그것 역시 나와 맞지 않아 술을 마시고 나면 밤새 몸이 힘들고 괴롭다. 이 모두가 내 영혼에 깊이 각인된 아버지의 영향이리라. 그래서인지 술 한두 잔에 얼큰하게 취기가 오를 때면 아버지 생각이 저절로 나곤 한다.

아버지가 벌린 술집은 결국 외상장부만 두둑하게 불린 채 문을 닫고 말았다. 모르긴 몰라도 주인인 주조장 집에서 집을 비우라고 했을 것이다. 그 결과, 우리는 다시 점촌으로 급히 이사를 해야만 했다.

점촌은 예전에 사기그릇을 굽던 마을이라는 데서 유래한 이름으로, 우리가 이사한 집은 면 소재지에서 불과 1km도 떨어져 있지 않았다. 그러나 이사를 하고 보니, 어린 내가 봐도 참으로 한심한 집이었다. 이상의 소설《날개》에 나오는 '손수건보다 못한 해가 한 번쯤 들어왔다 나가는' 그 집보다 절대 더 나을 것이 없어 보였기 때문이다.

움막처럼 지어진 집에 들어서면 부엌이 나오고 부엌을 지나면 대낮에도 항상 캄캄한 방이 있었다. 서쪽으로 난 창을 통해 오후 늦게 딱 한 번 햇살이 비칠 뿐, 온종일 햇빛이 비치지 않아 낮에도 호롱불을 밝혀야만 책을 읽을 수 있었다. 그러잖아도 소심하고 우울했던 나는 점점 말을 잃어갔다.

그러나 더 큰 문제는 따로 있었다. 이사하자마자 아버지가 몸져눕기 시작해 급기야 턱이 돌아가는 병에 걸리고 만 것이다. 결국, 어머니는 점집을 찾았고, 이사를 해야만 아버지의 병을 고칠 수 있다는 말을 듣고 다시 이사를 결심했다. 그렇게 해서 우리는 고향이 아닌 타향으로 이사를 하게 되었다. 그때가 열여섯 살 10월 중순이었다.

나를 숨기고 싶었던 집

이삿날 아침. 남의 밭에 심었던 고구마를 캐서 돌아오자 할머니가 와 계셨다. 그런데 그날따라 뭔가 달랐다. 그렇게 말이 많던 할머니가 아무 말도 없이 아버지 얼굴만 계속 쳐다보고 있었기 때문이다. 아무리 미워 하고, 그래서 만나기만 하면 욕을 퍼붓던 아들이지만, 당신이 듣도 보도 못한 먼 곳으로 이사를 한다고 하니 얼마나 가슴이 미어졌으랴. 그것도 장손을 데리고. 더구나 자식이 돈도 벌지 못하고, 그토록 미워하면서 시 집살이란 시집살이는 다 시키고 구박만 했던 며느리가 행상해서 번 돈으 로 산 집으로 이사한다는 사실이 못 견디게 힘들었을 것이다.

그것은 나 역시 마찬가지였다. 이사를 한다고 하면 가슴이 설레야 하 는데 그러기는커녕 가슴이 답답하기만 했다.

"우리 큰 손자, 인자 가믄 언제 본디야. 친구들 허고 싸우지 말고, 할미 보고 싶으믄 언제든지 와라이."

그렇게 말을 마친 할머니는 결국 저만치 돌아서서 소리 높여 울기 시 작했다. 곧이어 작은아버지 내외와 큰 당숙까지 내려와서 이삿짐을 꾸 렸지만, 저마다 살아온 내력으로, 이런 상황만으로도 가슴이 버겁다는 사실을 아는지라, 누구도 가슴 속에 쌓인 말을 함부로 꺼내지 않았다.

그랬을 것이다. 어머니(형수)가 힘들게 번 돈을 아버지(형)가 노름으로 대부분 날린 것을 알고 있으니, 이사 할 집의 형편 역시 대충은 짐작하고 있었을 뿐만 아니라 앞으로 고생할 일이 눈에 훤히 보였을 것이다. 그러니 이사 하는 것이 뭐 그리 기뻤겠는가.

이삿짐이라야 장독대 몇 개에다 쌀 두서너 가마 그리고 오전에 수확한 고구마 몇 가마가 고작이었다.

그렇게 해서 아버지와 어머니가 여동생 미숙이를 데리고 앞에 타고, 우리 삼 형제는 짐칸에 실려 진안 백운에서 임실 관촌으로 이사를 했다.

"잘 가서 참말로 잘 살아라."

할머니는 목 놓아 울고, 작은아버지는 먼 산만 바라보았다. 그나마 아버지와 동갑이었지만, 생일이 늦었던 큰 당숙이 한마디 했다.

"형님, 이사 가도 자주 와야 혀."

사실 그때까지도 나는 이사하는 집이 정확히 어디인지 몰랐다. 고개를 넘고 낯선 마을을 지나 몇 시간을 달렸을까. 기차가 지나는 철길이 보이고 그 철길을 건너 도착한 마을이 현재 치즈 마을로 알려진 임실군 관촌면 금성리 중금 마을이었다.

하지만 '이 마을이 내가 앞으로 살 곳이구나.' 하고 안도의 한숨을 내쉬기도 전에 나는 암담한 절망과 부딪혀야 했다. 이사한 집은 대지라고 해야 스무 평도 채 안 될뿐더러 방 한 간에 부엌 한 간이 다였다. 게다가 길이 방문 앞에 바로 나 있는 말 그대로 길갓집이었다.

잠시 후 "니가 흰바우떡 큰아들이구나." 하고 어떤 아주머니가 내 등을 살며시 두드렸다. 마치 온몸에 소름이 돋는 듯했다. 급기야, 당황한 쥐가 쥐구멍 속으로 급히 얼굴을 감추듯, 나는 방으로 들어가 한구석에 몸을 숨긴 채 고개를 숙이고 말았다.

그런 내 마음은 아랑곳없이 어머니는 이사를 했다는 징표로 팥죽을 쑤기 시작했고, 곧이어 이사를 온 사람을 반기기 위해 마을 사람들이 꾸역꾸역 모여들기 시작했다.

그날 팥죽과 함께 준비해온 막걸리를 마시며 즐기던 풍물 가락 속에서 내 가슴의 상처는 더욱 깊이 패었다. 그리고 그날부터 그곳에 머무는 동안 단 한 번도 누구를 초대하지 않았으며, 누가 찾아와도 절대 만나지 않았다. 또한, 집 밖으로 나갈 일이 있으면 아무도 없을 때를 골라 조심스럽게 드나들었다.

내게 있어 집이란 과연 무엇이고, 어떤 의미였을까.

"어린이에게 집을 그리라고 하는 것은 가장 은밀한 꿈을 보여 달라고 하는 것과도 같다."고 했던 발리프 부인의 글처럼, 어린 시절 내가 살았던 집은 나이가 들면 들수록 내 삶을 돌아보게 하는 징검다리와도 같았다. 그런 점에서 "집이란 풍경보다는 한 영혼의 상태"라고 한 어떤 시인의 말은 어느 정도 타당하다고 할 수 있다.

그러나 내 어린 날의 큰 콤플렉스인 집에서 내 마음이 어느 정도 벗어난 것은 그 후로도 오랜 세월이 흐른 뒤였다.

아버지와 달리 어머니는 한순간도 헛되이 보내지 않고 최선을 다해 살았다. 비록 눈에 보이게 이루어 물려준 것은 없었지만, 마음속의 경작지를 수만, 수십만 평을 물려주신 분이 바로 어머니였다. 무엇보다도 우리

112

를 태어나게 했고, 지금 이렇게 살 수 있게 해줬다.

살아생전 어머니는 가끔 전화를 걸어 "니 목소리 듣고 잡어서 전화혔다. 건강허자? 추울 때는 답사 가지 말고, 뭣보다도 차 조심혀라."라고 말씀하시곤 했다.

문득, 그날 이사를 하던 풍경이 눈물 속에 떠오른다. 사랑하는 우리 어머니, 먼저 가신 우리 아버지, 그리고 어린 동생들. 그 안에서 싫어도 싫다고 말하지 못했던 한 소년이 텅 빈 하늘을 쳐다보고 있다.

하루에도 열두 번씩 도망가고 싶었다

임실로 이사하기 전부터 어머니는 장터를 임대받아 임실 오수, 갈담, 마령, 백운장터 등을 오가며 옷을 파는 장꾼 생활을 했다. 두 동생은 학교에 가고, 부모님과 어린 여동생은 장터에 나갔다. 당연히 집에는 나 혼자밖에 남지 않았는데, 나는 될 수 있는 한 방에서 나가지 않았다.

그 시절, 나는 뒷문 가까이 자리를 정하고 하루를 보냈다. 그러다가 행여 집 앞을 지나는 사람의 발소리라도 들리면 책갈피 넘기는 소리나 숨소리라도 전해질까 싶어 여간 조심하지 않았다. 토방(마당)에서 불과 2m도 채 떨어져 있지 않은 길을 지나가던 사람들에게 이 집에는 아무도 없다고 알리기라도 하듯 숨을 죽이고 살았다.

나는 그 방에서 돌이 되었다. "닫힌 방 안에서는 생각조차 닫히고 만다."라고 했던 도스토옙스키의 작품 속 주인공 말처럼 나는 자꾸만 내 안으로 내 안으로만 침잠해 들어갔다. 반대로 자꾸만 사람들로부터 멀어져 갔다. 그 결과, 식구들 빼고는 그 누구하고도 말하지 않은 채 한 달 이상을 보내기도 했다. 그만큼 사람 만나는 게 두려웠다.

그런데 하루에 한 번은 반드시 밖을 나가야 했다. 샘에서 물을 길어다 놓아야 밥도 해 먹고 허드렛물을 쓸 수 있었기 때문이다. 내 관심은 온통 '언제쯤 나가면 사람들과 마주치지 않고 물을 길을 수 있을까'에 집중되었다. 오랜 고심 끝에 나는 해가 어스름해지는 이른 저녁이나 사람들이 들일을 나간 오후 세 시를 택해 방에서 나와 물을 길었다. 하지만 대부분 실패로 끝났다. 누군가를 만나서 어색한 인사를 하고 급히 돌아서야 했기 때문이다.

물 긷기도 난감한 일이었지만, 볏 잎으로 만든 쌀가마니를 터서 만든 대문 아닌 대문 또는 짚으로 엮은 대문을 열고 들어가서 해야 하는 밥 짓기 역시 절대 쉬운 일이 아니었다. 그나마 갈퀴나무라고도 부르는 잘 마른 솔잎으로 불을 땔 때는 괜찮았지만 생솔로 불을 지필 때는 잘 타지도 않을뿐더러 연기가 부엌 가득 넘쳐나 기침을 피할 도리가 없었다.

그런 집에서 나는 하루에도 열두 번씩 도망가고 싶었다. 그래서인지 지금도 그때를 생각하면 가슴이 아프고 얼굴이 저절로 붉어진다.

추운 겨울밤이면 윗목에 놓아둔 물그릇의 물이 반쯤은 얼고, 문 옆에 놓아두었던 걸레가 마치 동태처럼 꽁꽁 얼었던 집, 엷은 문풍지 사이로 황소바람이 쉴 새 없이 불어오던 집, 내 생애 가장 힘들었던 시절 쓸쓸함과 외로움을 함께 했던 집.

이제 그 집은 사진 속에서도 찾을 길이 없다. 오직 내 마음 깊숙한 곳에 추억이라는 이름으로 감추어져 있을 뿐이다.

가야 할 길을 수없이 묻고 물었던 시절

백운도 임실도 나의 안식처는 아니었다. 그때부터 나는 떠돌이 생활을 시작했다. 백운 할머니 집에서 한 달의 반을 보내고, 임실 집에서 나머지 반을 보내는 생활을 시작한 것이다. 그러나 어디에서건 일이 끊이지 않았다.

임실에서는 농사를 짓지 않았기에 일이 많지 않았지만, 산에 가서 땔 나무를 해 와야 했다. 그에 반해 진안에서는 작은아버지와 할머니의 농사일을 도와야만 했다. 그렇지 않은 시간에는 대부분 산에 다니거나 자연을 벗하면서 지냈다. 어디에도 얽매이지 않아 자유로웠던 반면, 사람들과는 차츰 멀어지기 시작했다. 지금 생각해도 그 무렵 나와 친했던 사람은 남녀노소를 막론하고 손가락으로 셀 수 있을 정도였다. 아니, 한동안 함께 산에 다니던 서정석이란 친구가 유일했다.

벌이가 없던 탓에 차비 역시 없었다. 그 때문에 웬만한 곳은 걸어 다녔다. 그 길이가 가까운 곳은 12km쯤 되었고, 먼 곳은 자그마치 17km가 넘었다.

나는 되도록 사람들이 다니지 않는 길을 택해 걸었다. 나만의 길을 만들어 그 길로 다니고 싶었기 때문이다. 지금 생각하면 밥값도 못하고, 무위도식하는 나를 누구도 뭐라고 하는 사람이 없었다. "너 앞으로 무엇을, 어떻게 하며 살 것이냐?"며 묻는 사람도 없었고, 진심으로 나를 걱정해주는 사람도 없었다. 저마다 모두 바빴기 때문이다. 어쩌면 그것이 내게 는 큰 행운이자 슬픔이기도 했다.

가끔 어머니로부터 용돈을 받는 날이면 전주 시내에 나가서 보고 싶은 책을 샀다. 그것이 나의 유일한 탈출구였다. 그러나 대부분은 산과 벗하며 혼자서 지냈고, 임실에 있는 날은 온종일 방 안에서만 지냈다. 밥을 먹기 위한 최소한의 가사노동(밥을 하고, 물을 긷고, 방에 불을 때는)만을 하면서.

할머니와 보내는 진안 생활이 싫증나면 임실로 갔고, 그곳 생활 역시 갑갑해지면 다시 진안으로 갔다. '바다에 가면 산이 그립고, 산에 가면 바다를 그리워한다.'라는 옛말처럼 시계추처럼 이리저리 방황하던 시절이었다.

"인간은 방황하면서 배우기 때문에, 규칙적으로 방황하는 것은 더욱 좋은 것이다."라고 말한 괴테의 《빌헬름 마이스터의 수업시대》에서처럼 임실에서 백운으로 백운에서 임실로 오가던 시절이 그 시절이었다.

어둠 속에서 아무도 모르게, 누구의 눈에도 띄지 않게 걸어갔던 길. 그 길, 그 길을 걸으며 나는 나 자신에게 나의 길을 수없이 묻고 또 물었다.

어디서부터 어떻게 시작해야 할지

갈팡질팡, 도무지 알 수 없네

길이 어디고, 산이 어디고, 강이 어딘지

분간할 수조차 없네

　…

밤이면 잠들고 아침이면 깨어나는

나의 일상은

그래도 변함없음이

체념인가 무관심인가조차

정의할 수 없는

캄캄한 세상 앞에서

끝없이 나는 서성거리네

＿〈나의 일상〉 중에서, 1985년 10월 17일 作

내 삶에 책과 음악이 없었다면

운명처럼 다가온 영혼의 소리, 레퀴엠

임실 시절, 나의 유일한 친구는 라디오였다. 항상 심심하고 불안했던 나는 라디오를 자주 들었다. 그러니 내가 클래식에 빠진 것은 우연이 아닌 운명이었다. 배움이 부족한 탓에 제대로 알 수는 없었지만, 뭔가 숨어 있을 것만 같은 안개 속 같은 음악을 자주 듣다 보니, 어느 순간 브람스가 다가왔고, 그 뒤를 이어서 베토벤과 슈베르트, 차이콥스키가 마음속을 파고들기 시작했다. 그러다가 '운명이 내 영혼을 두드리는 것'처럼 다가온 것이 바로 레퀴엠이었다.

어느 날, 문득 가슴을 열고 들어온 모차르트 레퀴엠에 이어 베토벤 3번 〈영웅 교향곡〉 제2악장 장송 행진곡을 듣게 되었고, 레퀴엠도 작곡하는 사람에 따라 얼마든지 다르다는 사실을 알게 되었다. 그리고 브람스의 〈독일 진혼곡〉, 포레의 레퀴엠, 베르디의 레퀴엠을 듣다 보니, 레퀴엠뿐만 아니라 다른 음악에도 죽음을 위해 작곡된 것이 많다는 사실을 알게 되었다. 시거니 위버의 〈진실〉이라는 영화 전편에 흐르는 슈베르트의 현악 4중주곡 〈죽음과 소녀〉, 쇼팽의 〈장송 소나타〉 그리고 차이콥스키 교향곡 〈비창〉의 마지막 악장이 그때 내가 자주 듣던 음악이었다.

그래서일까. 세월이 흐른 뒤, 제주도 시절 돈을 벌면서 가장 먼저 시작한 것이 음반을 사는 것이었다. 특히 브람스의 음악을 좋아했던 나는 브람스의 1번에서 4번까지 1, 2번의 피아노곡과 바이올린 협주곡을 비롯한 수십 개의 음반을 샀고, 겨울이면 슈베르트의 〈겨울 나그네〉를 구해 듣기도 했다. 그렇게 해서 우울증을 앓던 내 영혼을 그나마 치유할 수 있었고, 나는 누구인가에 관해 나름의 정리를 할 수 있었다. 그러니 음악 역시 내게는 아주 훌륭한 스승이었다.

책으로 인해 행복하고 허망했던 나날들

내가 맨 처음 본 역사소설은 장덕조라는 소설가가 쓴 《광풍》이었다. 매월당 김시습을 주인공으로 계유정난을 중점적으로 다룬 이 소설을 처음 접했던 것은 초등학교 2학년 때였다.

얼마나 많은 사람이 읽었는지 표지가 너덜너덜해진 그 책을 읽으면서 얼마나 가슴 깊숙이 공감했는지는 알 수 없다. 하지만 이리저리 떠돌며, 자신만의 방식으로 삶을 사는 매월당의 삶에 깊이 매료된 것만은 분명하다.

열 살도 채 안 된 어린 마음속에 자리 잡은 매월당은 신산하면서도 슬픈 삶을 산 사람이었다. 그런데 나도 방외인으로 이런저런 글을 쓰고 살면서, 그처럼 산천을 떠돌아다니며 사는 것을 보면 어린 시절 최초로 접한 책의 기억이 얼마나 중요한지 새삼 깨닫게 된다.

두 번째로 읽은 소설은 박계형의 《머무르고 싶었던 순간들》이었다. 그렇게 해서 책 읽는 재미에 빠진 나는 시골이라 변변한 책이 없는데도 눈에 띄는 책이면 가리지 않고 읽으며 점점 책벌레가 되어 갔다.

지금이야 책값이 그리 비싸지 않지만, 그 당시만 해도 책이 매우 귀했다. 그 때문에 책 몇 권 사는 것도 그리 쉽지 않았다. 더구나 부자도 아니고, 돈도 벌지 않았으며, 학교도 다니지 않았기에, 겨우 용돈을 받아서 책을 살 수밖에 없었던 나로서는 책 몇 권을 산다는 게 실로 매우 어려운 일이었다.

이렇게 저렇게 책 서너 권쯤 살 돈을 힘겹게 모으면 나는 마령으로 책을 사러 갔다. 내가 살던 백운에는 서점이 없고, 유일하게 중학교가 있는 마령에만 서점이 있었기 때문이다. 백운에서 마령까지는 길을 가로질러 섬진강을 따라가면 6km쯤 되고, 평장리로 돌아가면 8km쯤 되었다.

땀을 뻘뻘 흘리며 마령에 가서 마음에 드는 책 서너 권을 고르고 나면 돈은 어느새 바닥을 드러냈지만, 마음만은 부자 못지않게 풍요로웠다. 그러나 너무나도 책에 굶주려있던 터라 운교리에 도착하기도 전에 책을 다 읽어버리곤 했다. 그때가 가장 난감했다. 읽고 난 후의 후련함이 아닌 아직 집에 반절도 못 갔는데 다 읽어버린 탓이다. 그것이 얼마나 나를 쓸쓸하고 허무하게 만들었는지 모른다. 그럴 때마다 강가에 무너지듯 주저앉아 한참 넋을 잃고 뭔가를 바라보곤 했다.

그 후로도 나는 여러 번 그 뿌듯함과 허망함을 맛보며 그 길을 오갔다. 길가에 떨어진 신문지 조각이라도 주워서 읽어야 성이 차던 때였다. 일종의 활자 중독증 내지는 활자 몰입 병에 걸렸다고나 할까. 읽을 것이 없으면 불안했고, 그런 습관이 지금까지 이어져 오고 있다. 하다못해 정 읽을 것이 없으면 길가의 간판이라도 읽고 가야 한다.

그러다 보니 인근 마을 아이들에게 누구 집에 어떤 책이 있는지 수소문해서 책을 읽기도 했다. 지금 생각하면 누구보다도 더 소심하고 내성적인 내게 어떻게 그런 면이 있었는지 나 자신도 신기할 지경이다. 그때만 해도 책을 읽는 사람이 극소수였기에 좋은 책을 소장한 사람이 많지 않았다. 하지만 독서나 여행이 취미라고 하는 사람이 많았던 터라 집집이 서너 권씩은 책이 있었다.

어떤 집은 "책 좀 빌리러 왔는데요."라고 하면 "우리 집에 뭔 책이 있다냐. 어디 한번 들어가 봐라."라며 방에 들어가는 걸 허락하기도 했지만, "일이나 하지 무슨 놈의 책만 본다냐."라면서 꾸짖는 사람도 적지 않았다.

힘들여 빌려다 읽는 것을 금세 읽고 다시 허망해하던 나날들! 그런데 지금은 틈만 나면 사다가 쌓아두고도 다 읽지 못하는 날이 이어지고 있으니, 그때가 행복했던지, 아니면 지금이 행복한지 알 수 없다.

아버지가 사준 처음이자 마지막 책
닷새마다 열리는 임실장에서 옷 장사를 하던 부모님은 귀가 시간이 일

정하지 않았다. 그러다 보니 날이 저물고 칠흑 같은 어둠이 온 세상을 뒤덮고 난 뒤에야 나는 부엌문을 열고 들어가 밥을 짓기 시작했다. 그나마 마른 나무는 거의 없고, 생솔가지를 때던 때라 저녁이나 아침을 지을 무렵이면 마을 전체가 새까만 연기로 가득했다.

밥을 지어놓고 나면 기다림의 연속이었다. 그 기다림의 끝은 멀리서부터 들려오는 아버지의 큰 목소리를 듣는 순간이었다. 그때쯤이면 아버지와 어머니가 마을 어귀에 있는 도진이네나 양 생원 집 앞에 이르렀음을 알 수 있었다. 유난히 목소리가 컸던 아버지는 술이 얼큰해지면 더욱 목소리가 커졌다. 아버지는 세상의 모든 불만을 마치 그 큰 목소리로 해결이라도 하려는 듯 고함을 고래고래 지르면서 떠들썩하게 집에 오곤 했다.

어느 해 가을이었다. 그날따라 유독 더 큰 목소리로 고함을 고래고래 지르며 돌아오는 아버지를 기다리며, 오늘은 도대체 무슨 일이 있었기에 저렇게 의기양양하신 걸까? 하고 궁금해 하는데, 문을 여시며 내게 책 한 권을 호기 있게 던져주시는 게 아닌가.

"겁나게 귀한 책이라더라. 오늘 내가 장에서 샀다. 이 책만 있으믄 누구헌테도 사기를 안 당허고, 재판을 혀도 지지 않는다고 허더라."

그 말을 듣고 페이지를 넘겼지만, 도무지 흥미를 느낄 수 없었다. 그래서 곧 책상 위에 얹어놓고 말았다. 아버지는 그 모습을 무심히 바라볼 뿐이었다. 그 뒤로도 그 책을 보지 않는다며 나를 채근하신 적도 없고, 그렇다고 당신이 그 책을 펼쳐 보신 적도 없다. 가끔 그 책을 무심하게 바라볼 뿐이었다.

지금도 어쩌다가 한 번씩 아버지가 왜 그 책을 사 오셨을까, 라는 생각을 하곤 한다. 그게 의문으로 남아 있다. 큰아들이 머리가 똑똑하다고 여기셔서 사법고시 공부라도 시킬 마음이었는지, 아니면 무슨 억울한 일이 있을 때 써먹으라고 사 오셨는지.

어찌 됐든 그 책은 아버지가 내게 사준 처음이자 마지막 책이었다. 아버지가 처음이자 마지막으로 샀을 그 책. 그리고 내게 주셨던 유일한 책인 가정법률 책. 아스라한 추억 속으로 문득 그 책의 표지가 슬며시 떠오를 때가 있다. 하지만 정작 그 책의 내용 중 어느 한 가지도 내 기억 속에 머물러 있는 것은 없다.

살아가면서 사람들에게서 가장 많이 듣는 말이 있다.

"선생님은 머리가 좋았을 것 같은데, 왜 고시 공부나 공무원이 되실 생각은 안 하셨어요?"

생각해보면 동기를 유발하거나 누군가가 옆에서 그런 공부를 하는 사람이 없었기 때문이기도 하지만, 글을 쓰겠다는 욕망이 너무도 강했기 때문이 아닐까 싶다.

길은 많았는데, 내가 가야 할 길은 단 한 가지밖에 없다고 여기며 지금껏 달려온 길을 뒤돌아볼 때가 있다. 그런데 만일 그 길을 지금 다시 가야 한다면 과연 갈 수 있을까.

적어도 나는 그러고 싶지 않다. 다시 태어난다면 나는 다른 길을 택하고 싶다. 창조한다는 것은 행복한 일이기도 하지만 너무 많은 것을 요구

한다. 그래서 창조하는 것보다는 남이 다 뚫어놓은 길을 따라가기를 대다수 사람이 갈망하는 것이다.

언제까지 내가 길 위에 서서 서성거리면서 그 길을 갈 수 있을지는 모른다. 다만, 운명적으로 정해진 그 길을 뚜벅뚜벅 걸어가리라는 것, 그것뿐이다.

호롱불 아래서 카프카를 읽던 밤

열일곱 살, 가을 무렵이었을 것이다. 어렵사리 돈을 모으고 또 모았다. 이 정도면 읽고 싶던 '카프카 전집'과 '니체 전집'을 살 수 있겠다 싶었다. 그래서 큰마음 먹고 전주행 완행열차에 몸을 실었다.

전주역에서 내려 문성당 서점으로 가는 길은 그리 오래 걸리지 않았다. 카프카 전집과 니체 전집을 산 후 다른 날과 달리 다른 책을 의기양양하게 펼쳐 보았다. 돈이 없는 날은 마치 거지처럼 주인 눈치를 살펴 가며 비굴하게 봐야 했지만, 그날만은 책을 두 질이나 샀기에 아무런 거리낌이 없다.

그렇게 책을 산 날은 집에 돌아오는 것부터가 즐거웠다. 이 책 속에는 과연 어떤 풍경이, 어떤 사람이 나를 기다리고 있을까, 라는 설렘 때문이었다.

집에 오자마자 나는 카프카의 장편소설 《성》을 먼저 펼쳤다. 어딜 봐도 희망이라고는 없는 회색빛 암울한 풍경뿐! 그것은 나의 생활과 무척 닮아 있었다.

호롱불을 밝히고 카프카를 읽던 그 날 밤. 나는 내가 살아온 얼마 되지 않은 날을 하나하나 되짚어봤다. 하지만 그 어디에도 희망의 그림자는 보이지 않았다. 아무리 봐도 나아지지 않는 삶. 아버지는 언제나 술에 절어 있었고, 매일 이 장 저 장 떠돌아보지만, 희망은 보이지 않았다. 내가 나를 봐도 어떠한 희망도 보이지 않는 칠흑 같은 어둠이 끝없이 밀려오던 시절이었다.

"아침 일찍 바르나바스가 성에 가겠다고 하는 말을 들으면 나는 마음이 무거워져요. 아무리 봐도 헛수고만 하고 허탕만 치는 하루, 아무리 생각해도 도무지 소용이 없고, 보람 없는 나날, 아무리 살펴봐도 허망하기 짝이 없고 공전만 거듭하는 희망…"

올가가 측량기사 K에게 하는 말이 그 무렵 우리 집과 나의 생활이었다.

그렇게 해서 나는 카프카의《심판》,《사형선고》,《변신》,《아메리카》등을 읽었다. 그리고《심판》의 주인공처럼 "마치 개새끼 같군!"이라며 아무도 모르게 죽음을 맞거나 끝날지도 모른다는 두려움과 한 치의 틈도 없이 엄습해오던 절망을 느끼곤 했다.

"절망하지 마라. 네가 절망하지 않는다는 것에도 절망하지 마라. 이미 모든 것이 파국에 이르렀다고 여길 때도 무한한 힘을 일으키는 것, 그것이야말로 네가 살아 있음을 의미하는 것이다."

내가 살아온 것은 카프카의 이 단말마적인 절망과 어디에도 없는 희망을 찾기 위한 간절한 몸부림에 지나지 않았다. 그런 밤이면 희미한 등잔 밑에서 왜 이렇게 내 인생은 절망적인지, 희망이 보이지 않는지를 생각하곤 했다. 그러다가 "온갖 것을 보려고 태어났건만, 온갖 것을 봐서는 안 된다고 하더라."라는《파우스트》의 한 구절처럼 아무것도 시도하지도, 보지도 못한 채 어느 날 아침 이슬처럼 사라지는 것은 아닐까, 라는 생각을 하며 별 의미도 없이 '죽음'이나 '자살'이라는 말을 쓰고 또 썼다. 어쩌면 진실로 자살이나 사고사라도 생겨서 죽었으면 좋겠다고 생각했을지도 모른다.

하여간 그때 당시 나는 삶에 실망하고 또 실망한 나머지 삶을 그만 포기했으면 하는 생각으로 가득했다.

"그대 자신이 등불이 되라."는 붓다의 말처럼 내가 내 삶에 희미한 등불 하나 켜놓고 살 수밖에 없었던 그 시절, 그런 아득한 절망 속에서 가끔 실낱처럼 비추던 그 희망을 움켜쥐는 위기감 속에서 내 삶은 이어져 왔는지도 모른다.

그때나 지금이나 나는 변함없이 카프카의 작품을 좋아한다. 그것은 '동병상련'이라는 말이나 우리 속담에 "못난 놈은 못난 놈 얼굴만 봐도 좋다."라는 말과 같이 그 상황이 나와 너무도 흡사하기 때문일 것이다.

내가 변하니 세상도 변했다

글쓰기는 나의 운명이었다

어느 해 가을이었다. 교실 한쪽에 우두커니 서 있는 나를 선생님이 불렀다.

"아무래도 이번 글짓기 대회는 니가 나가야 헐 것 같다. ○○가 아퍼서 못 나간단다.”

그 무엇 하나 자신 없던 나였지만 선생님 말씀에 뭐라 변명 한마디 할 수 없었다. 그렇게 해서 나는 태어나서 처음이자 마지막으로 글짓기 대회에 나갔다.

아스라한 기억의 파편을 모아 그때를 떠올려 보면 떨어지는 노란 은행 잎에 관한 글을 썼던 것 같다. 그리고 그 대회에 나간 것을 까마득히 잊고 있던 어느 날, 선생님이 나를 다시 불렀다.

‘무슨 일일까?’ 하며 교무실로 급히 갔더니, 선생님은 얼굴 가득 웃음을 띤 채 다음과 같은 기쁜 소식을 전해주었다.

“니가 이번 글짓기 대회에서 장원을 했단다. 너는 글 쓰는 작가가 되믄 좋겠다.”

그랬다. 내 꿈은 그때 선생님 말씀 한마디에 결정되어 버렸다.

‘나는 글 쓰는 작가로 살 것이다.’

전교생 앞에서 상장을 받아 집에 돌아오면서 나는 그렇게 다짐하고 또 다짐했다.

어머니는 행상을 나가 돌아오지 않았고, 아버지는 벌건 대낮인데도 술에 취해 잠들어 있었다. 아버지 곁에 넘어진 채 뒹굴고 있던 소주병과 먹다가 만 김치 그릇이 유난히 크게 눈에 들어왔다.

나는 가만히 문을 열고 나와서 냇가로 나갔다. 흐르는 냇물 소리가 마치 나를 향해 노래를 불러주는 듯했다. 그리고 가을 햇빛을 받아 반짝이던 미루나무 나뭇잎이 나를 향해 춤추는 것만 같았다. 그러나 집안의 누구에게도 보여주지 못한, 아무도 알지 못하는 상장, 내가 세상에 태어나 처음 받아 본 상장은 그렇게 책보 속에서 고이 잠들고 있었다.

다음 날, 나는 아버지에게 그 상장을 내밀었다.

"장허다, 우리 큰아들!"

아버지는 난생처음 나를 칭찬했다. 그러고는 정성스레 밀가루로 풀을 쑤어 떨어지지 않게 벽에다 그 상장을 붙여놓은 뒤 집에 놀러 오는 친구들에게 큰아들 자랑을 늘어놓곤 했다.

"우리 큰애가 큰 상을 받았디야."

"그랴, 잘 혔네. 뭔 상인지 한 번 읽어 봐."

당시 아버지 친구 중 글을 읽을 수 있는 사람은 거의 없었다. 그때마다 아버지는 큰아들이 상을 받은 것도 대견했지만, 당신이 글을 읽을 수 있다는 자부심까지 더해져 그 큰 목소리로 방 안이 떠나가게 상장을 읽곤 했다.

내 생애 처음이자 마지막으로 받았던 그 상장은 지금은 내 기억 속에만 남아 있다. 흐릿하게 빛바래져 갔던 그 상장과 함께 상장을 읽던 아버지의 목소리가 문득 떠오른다.

나이가 들수록 사람은 운명론자가 된다고 했던가.

"우리가 생각하는 것, 말하는 것, 행동하는 것은 모두 '운명'에 의한 것이며, 우리는 다만 '운명'이 발행한 어음의 권리를 양도받은 것에 지나지 않는다."라고 말한 그리스의 희곡작가 메난드로스의 말을 되새기다 보면, 글은 내 운명이었고, 그 운명을 받아들이며 산 것 또한 운명이었음을 깨우치게 된다. 그렇다면 나의 앞길에는 과연 또 어떤 운명이 나를 기다리고 있을까. 생각건대, 그 또한 모를 일이고, 그 운명에 순응하며 사는 것 또한 나의 거역할 수 없는 운명일 것이다.

돌이켜 보면 스승 없이 스스로 길을 개척해온 것이 나의 삶이었다. 만일 그런 내가 스승의 역할에 관해서 말한다면 우스운 일일까.

"나는 내 제자들을 가르치지 않는다. 단지 배울 수 있는 환경을 제공해줄 뿐이다."라고 했던 독일 물리학자 알베르트 아인슈타인이 말한 것처럼, 자기가 가르치는 학생들의 장점을 제대로 끄집어내주고 격려하며 옆에서 지켜봐 주는 것, 그것만으로도 스승의 역할은 충분하다.

조용히 기다리고, 참으면서 보낸 세월

초등학교 졸업 후 나는 작은 우물 안에 사는 개구리처럼 나만의 세계에서 살게 되었다. 내 또래 아이들이 중학교, 고등학교, 대학교에 진학하기 위해 매 순간 경쟁하는 것과는 상관없는 삶을 살게 된 것이다. 매 학기마다 실시하는 기말고사도, 학년 말 고사도 나와는 별개였다. 그로 인해 몸은 자유로웠지만, 한편으로는 자신을 스스로 테스트할 통로가 막혀 말 그대로 '우물 안 개구리'에서 벗어날 수 없었다.

일본 작가 무라카미 하루키가 프리랜서의 장점에 관해서 다음과 같이 말한 적이 있다.

"넥타이를 매지 않고, 출근하지 않고, 상사의 지시를 받지 않고, 아무렇게나 말해도 된다."

나 역시 상급학교에 가지 않았기 때문에 시험이라는 지옥에서 해방되었고, 아무에게도 간섭받지 않고, 공부하라는 말을 듣지 않아도 되었다. 인생이 그것뿐이라면 매우 행복해야 할 정도로 자유롭긴 했다. 그러나 일면 불안함도 있었다. 아이러니하게도 누구와도 경쟁하지 않았지만, 내겐 평생의 경쟁자가 있었다. 바로 나 자신이었다.

내 몸을 조용히 감싼 채 떠나지 않았던 슬픈 패배의 그림자. 그때 내 삶과 가장 어울렸던 문구는 생텍쥐페리의 《전투 조종사》에 나오는 다음 구절이었다.

"패자는 입을 다물어야 한다, 씨앗들처럼…"

조용히 기다리고, 참으면서 보낸 세월이었다. 단조롭고 조용하기 그지없는 시간이었다.

"인생이라는 강물이 흐르고 있는 한 강물은 항상 그대로 머문다. 바뀌는 것은 양쪽 강가의 경치뿐. 그러나 곧이어 인생의 폭포가 닥쳐오고, 이 폭포들은 기억 속에 깊이 유착된다. 그 결과, 그 폭포를 넘어서 멀리 영원의 고요한 바다로 접근할 때까지도 우리의 귀에는 여전히 그 폭포의 우렁찬 흐름이 아득하게 들리는 것처럼 느껴진다."

막스 뮐러의 《독일인의 사랑》에 나오는 구절처럼, 내가 인생의 여러 단계를 경험하며 살았던 시대가 바로 그 시대였다. 또한, 그 시대는 내 인생의 황금기이자, 절망과 어둠의 시기, 곧 앞이 트이지 않는 침체기이기도 했다. 거기서 나를 일으켜 세운 힘은 패배와 분노, 슬픔이었다. 하지만 나는 그 무엇도 기대하지 않았고, 모든 것을 직접 이루어야 한다는 것을 절감했다. 그리고 그때부터 나를 개혁하기 시작했다.

살기 위해 스스로 이름을 바꾸다

할머니와 아버지에게 들은 바에 의하면, 어린 시절 내 이름은 여러 개였다. 너무 병약한 나머지 이름이 많아야만 오래 살 수 있다는 점쟁이 말에 따라 여러 개의 이름을 지은 것이다. 돌아가신 할아버지가 지은 이름은 '동렬'이었고, 항렬자로 지은 이름은 '상교', 그리고 집에서 불리던 이름은 '춘석'이었다.

하지만 하나같이 내 마음에 들지 않았다. 그 이름들이 언제부터 싫어졌는지는 모른다. 다만, 따돌림당하던 시절 아이들에게 그 이름을 수도 없이 들었기 때문에 더욱 싫어졌을 것으로 추정할 따름이다.

이름이 싫다 보니 누가 이름을 부르는 것도 싫었고, 이름을 가르쳐 주는 것 역시 싫었다. 그래서 이름 때문에 고민도 참 많이 했다. 어떻게 하면 내 이름을 안 들을 수 있을까. 아니, 바꿀 수 있을까 하고 말이다. 결국, 나는 호적까지는 아니더라도 이름을 바꾸기로 했다. 그때가 열여섯 살 가을이었다.

고심 끝에 내 딴에 가장 좋은 이름이라고 지은 것이 매울 신辛, 바를 정正, 한 일一, 즉 '신정일'이었다. '맵고 바르게 한길을 가자'는 뜻이었다. 하지만 그 이름 그대로 산다는 것이 얼마나 어려운지, 얼마나 많은 고난과 역경을 극복해야 하는지 곧 알게 되었다.

나중에 내 이름을 파자해보니 내 이름 중 어디 한 군데도 재물에 관한 것이 없었다. 그렇게 내 이름의 내용을 알고 나서야 나는 많은 돈을 벌고자 했던 것을 스스로 포기했다.

"포기한 다음에 얻을 수 있다."라는 말이 있다. 그나마 내가 이렇게 사는 것은 내 이름을 호적까지 다 바꾼 뒤부터다. 예명과 필명으로 살다가 결국 본래의 이름마저 지워버리고, 내가 지은 이름을 쓰면서부터 그나마 이렇게 홀로 설 수 있었던 것이다. 그것은 이름에 대한 오랜 콤플렉스로부터의 해방이자 내 삶의 중대한 출발점이었다. 그 때문에 나는 사람들에게 이름이 마음에 들지 않으면 스스로 이름을 지으라고 말한다. 왜냐하면, 이 세상에 살 기회는 바로 지금 이외에는 없기 때문이다. 내가 원하는 일을 하고, 내가 좋아하는 대로 사는 것, 그것이 바로 진정으로 사는 것이다. 하물며 이름이란 매일 불리고 사용하는 가장 중요한 것이 아니던가.

언젠가 장수 팔공산에 있는 팔성사에 갔을 때다. 주지 스님이 내게 물었다.

"신정일 선생님, 한자 이름을 어떻게 쓰세요?"

그래서 알려줬더니 하시는 말씀이 다음과 같았다.

"선생님, 그 이름 짊어지고 사시느라 정말 힘드셨겠네요."

아무리 왔던 길 돌아가려 해도 보이지 않는다

이 악물어도

울음은 그치질 않고

어느 것 하나 선명하게 떠오르지 않는다

수천 수만의 아우성이 살아서

어둠 속에 밀려왔다 썰물같이 사라져가도

우두커니 선 채

다시는 돌아갈 수 없다

＿〈후회〉, 1985년 10월 22일 作

나는 언제나 혼자였다

공부에 관한 몇 가지 단상

공부의 사전적 의미는 '학문을 배우는 것, 배운 것을 익히는 것'이다. 그렇다면 진정한 공부란 과연 무엇일까.

다음은 연암 박지원의 아들 박종채가 아버지를 회상하며 쓴 글이다.

아버지는 늘 우리에게 다음과 같이 훈계하셨다.

"젊은이들이 정공부(靜工夫, 고요히 앉아 심성을 수양하는 일)를 하느라 혼자 있는 것은 좋은 일이다. 그러나 혼자 있는 중에는 사악하고 편벽된 기운이 끼어들기 쉽다. 신독(愼獨, 《대학》에 나오는 말로 홀로 있을 때도 도리에 어긋남이 없도록 행동을 삼가야 한다는 말)의 공부가 있어 남이 안 보이는 곳에서도 도리에 어긋나지 않는다면 참으로 좋은 일이다. 하지만 그렇지 못하다면 남들과 함께 거처하며 악의 싹을 미리 막는 게 낫다. 그런 점에서 상고시대 사람들이 아이들에게 학교에 모여 공부하게 한 뜻은 단지 서로 도움을 주고자 해서

만은 아니었다."

    인생의 대부분을 혼자 공부하며 지낸 내 생각 역시 연암의 생각과 크게 다르지 않다.

    공부라는 의미를 확대해석한 나머지 자기 혼자만이 하는 게 공부라고 생각하거나 몇몇이서 공부라고 내세우며 하는 것이 가끔 세상에 해악을 끼치는 경우를 보게 된다. 그때마다 내가 하는 공부도 그렇지 않으냐며 돌아보게 되고, 공부가 공부를 의심하고 반성하게 하는 못된 버릇을 배우게 되는 것은 아닌지 두렵기조차 하다.

    그렇다면 내가 공부라고 여기는 공부는 과연 무엇이고, 나의 공부는 어디를 향해서 가고 있는 것일까.

    플라톤은 《공화국》에서 다음과 같이 말한 바 있다.

    "기본 과목은 어릴 때부터 가르쳐야 한다. 하지만 그렇다고 해서 그것을 강요해서는 안 된다. 자유인은 지식 획득에서도 자유인이어야 하기 때문이다. … (중략) … 강제에 못 이겨 습득한 지식은 오래 기억되지 않는다. 따라서 초등 교육은 오히려 일종의 오락이어야 할 필요가 있다. 그렇게 하는 것이 아이의 재능과 소질을 알아내는 데 있어 더욱 유리하기 때문이다."

    염세주의 철학자 쇼펜하우어 역시 《의지와 표상으로서의 세계》 중 〈책과 독서〉라는 글에서 공부와 관련된 말을 남겼다.

    "다른 사람의 사상이 끊임없이 흘러들어오면 우리의 사상은 제약되고 억압당한 나머지, 결국 사고력이 마비된다. 대부분 학자의 독서열은 정신의 빈곤 때문에 다른사람의 사상을 받아들여야하는 일종의 진공의 흡인력이다. 따라서 어떤 문제에 대해 스스로 생각하기 전에 남의 글을 읽는 것은 매우 위험하다. 남의 글을 읽을 때 다른 사람이 우리를 대신해서 생각하고, 우리는 그의 정신을 반복할 뿐이기 때문이다. 그러므로 하루 대부분을 독서로 보내는 사람은 점점 사고력을 잃게 된다. 말하자면 자신의 경험은 원문이고, 반성과 지식은 주석이라고 할 수 있다. 반성과 지식은 많고 경험이 적은 것은 페이지마다 본문은 2행뿐인데 주석은 40행이나 되는 책과도 같다.”

우리 교육 현실을 되돌아보게 하는 말이 아닐 수 없다.

좋아하는 일을 하며 산다는 것

나는 일찍부터 중학교에 진학하지 못할 것이 예정되어 있었기에 공부를 해도 그만, 안 해도 그만이었다. 그 때문에 학창 시절 누구에게도 ‘공부해라’라는 소리를 들어본 적이 없다. 아버지는 물론 어머니도, 할머니도, 심지어 담임선생도 마찬가지였다.

“어린이와 시계는 계속 태엽을 감으면 안 된다. 그냥 내버려 두기도 해야 한다.”

장 파울의 이 말이 맞는다면 나는 어쩌면 행운아였는지도 모른다. 그러나 그래서 행복했는가? 라고 묻는다면, 그건 또 아니다. 행복을 느끼기에 앞서 더 많은 불행을 경험하고 느꼈기 때문이다.

나는 정규학교에 다니지 않았기 때문에 내가 좋아하는 공부만 할 수 있었다. 사람들이 말하기를, 시험을 보기 위한 공부를 하면 시험을 본 뒤 다 잊어버리기 마련인데, 내 경우는 달랐다고나 할까. 내가 좋아하는 책만 읽고, 내가 좋아하는 공부만 하다 보니 스펀지에 물이 스미듯, 화살이 되어 내 가슴에 들어와 박히듯 책의 내용이 가슴에 들어와 피가 되고 살이 되었다. 그런 내게 어떤 사람은 "어떻게 그 많은 것을 기억하느냐?"라고 묻곤 한다.

　내가 그 많은 것을 기억하고 줄줄이 외는 것은 내가 좋아하는 공부만 했기에 가능한 일이었다. 그때마다 나는 미국의 시인 에머슨의 말을 들려준다.

　"천재들이 우리에게 말할 때, 대부분 사람은 아득한 젊은 시절 천재가 지금 말하는 것과 똑같은 사상을 막연하게나마 스스로 생각한 점이 있으며, 단지 그 사상을 정리해서 형식과 표현이라는 옷을 입히는 재주와 용기가 없었을 뿐이라는 희미한 기억을 되살리게 된다."

　고백하거니와, 나는 영어도 못 하며, 수학은 더 못한다. 단지 다른 사람들이 시험을 보기 위한 암기 교육에 열중할 때, 나는 시험과는 아무 상관없이 그저 좋아하는 책을 마음껏 읽었다. 그것이 가장 확실한 교육이 되었고, 오늘의 나를 있게 만들었다.

　결국, 학문은 자신의 노력으로 얼마든지 이룰 수 있다. 그 어린 나이에 뭘 안다고 남들은 어려워서 읽기조차 싫다는 세계문학과 철학에 관한 책을 읽었는지.

처음 서양철학을 접했던 책은 윌 듀랜트가 쓴 《철학 이야기》였다. 그 서문을 펼치는 순간, 내 마음을 사로잡았던 문장이 있다.

"우리는 수백만 금을 구하는 것이 아니고 자기의 여러 가지 의문에 관한 해답을 구하는 사람 중 한 사람이 되고 싶을 뿐이다."

그 구절을 읽으며, 나는 마치 날 선 도끼에 머리를 두드려 맞은 듯했다. 물론 그때의 내 상황은 플라톤이 말한 청소년 시절의 황금기, 즉 '귀중한 즐거움'의 시절은 아니었지만, 내 삶에 어떤 이정표를 제시하기에 충분했다.

"그래, 이것이 바로 내가 살아가야 할 삶이야."

그때부터 나는 철학에 심취했고, 군 생활을 하면서 세계 사상 전집을 탐독했다. 특히 그리스 철학자들의 책을 많이 읽었다. 그 때문에 오늘날 문제가 되고 있는 철학이 빠진 수학이 아닌 철학에서 시작된 수학의 기본은 어느 정도 알고 있다.

나는 자전거도 못 타고 운전도 못하며 오토바이도 못 탄다. 하지만 불편은 할지언정 사는 데 지장은 없다.

나는 태어나면서 갖고 나온 두 발을 가장 신뢰한다. 두 발만 건강하면 비록 느리긴 해도 어디든지 못 갈 곳이 없기 때문이다. 거기에다 책만 한 권 펼치고 있으면 세상 그 어떤 것에서 느끼는 기쁨보다 더 큰 행복을 느끼게 된다. 그 어렵고 힘들었던 시절 내 인생의 동반자인 책을 만났고, 그 책이 내 곁에 항상 있으면서 나를 채근하기도 하고 부추겨주기도 했다. 그것이 지금껏 나를 지치지 않고 포기하지 않고 살게 한 힘이었다. 그런 점에서 《인생의 일곱 계단》을 지은 에드워드 멘델슨의 말은 어느 정도 타당하다고 할 수 있다.

"소설에서는 좋은 사람이 행복해지고 나쁜 사람은 불행해진다. 그러나 현실에서는 빠른 사람이 이기고, 싸움은 강한 사람이 이긴다. 그래도 삶의 어떤 영역에서만은 소설의 결말처럼 이루어지는 게 사실이다. 좋은 사람들은 책을 통해 좀 더 차분해지고 용감해지며, 불안과 질투를 극복하고 불의와 재난을 견딜 능력을 갖게 된다."

모래를 밟지 않고 어찌 모래의 감촉을 알랴

자신의 의지가 아닌 강요 때문에 배우고, 사물을 직접 접하는 대신 책상에 앉아서 배우다 보니, 실전에 약한 것이 바로 현대인들이다. 이에 지인 조용헌 선생은 가끔 이런 말을 하곤 한다.

"벼룩 간만 공부한 사람은 벼룩 간만 공부하고 알다가 세상을 떠나거든요."

그래서인지 진정한 천재는 눈 씻고 봐도 찾을 길이 없고 박제가 된 천재만 수없이 있을 뿐이다. 어디 그뿐인가. 자기 전공 외에는 아무것도 몰라서 정해진 길이 아닌 다른 길에 접어들면 미아가 되거나 백치가 되는 이들을 더러 만나게 된다.

조선시대 사대부들은 넓게 배우고 들은 것이 많아서 수많은 학문, 특히 문사철(文史哲)에 통달했다. 그러나 지금 우리가 배우는 학문은 그 폭과 범위가 매우 좁다. 거기에 현장 개념이 없다 보니 국토 개발이나 몇백 년

국가 정책을 세우는 데도 여러 가지 문제점을 내포하고 있다. 이는 현장을 가 보지도 않고, 지도만 보고서 금을 긋는 그런 무책임함에서 비롯되는 것이다. 일례로, 대전 통영 간 고속도로를 타고 가다 보면 탁상행정이 얼마나 위험한 일인지 알 수 있다. 우리나라에서 가장 아름다운 강 길 중 하나로 꼽히는 경호강 길은 남강의 보석 같은 길이다. 그런데 그만 그 길이 고속도로 건설로 인해 볼썽사납게 되고 말았다. 만일 그 길을 조금만 더 동쪽으로 지나가도록 설계했다면 경호강은 물론 그 경치도 전혀 손상하지 않았을 것이다. 그런 일이 건설 분야에만 한정된 것이 아니다.

"서책(書册)을 불살라버려라. 강변의 모래가 아름답다고 읽는 것만으로는 만족할 수 없다. 바라건대 맨발로 그것을 느끼고 싶은 것이다. 어떠한 지식도 감각을 통해서 받아들인 것이 아니면 아무 값어치도 없다."

앙드레 지드《지상의 양식》의 한 구절처럼 모래를 밟아보지 않고 그 모래의 감촉을 어찌 알 것이며, 실제로 가보지 않고 알 수 있는 일이 얼마나 되겠는가.

"산천을 유람하는 것은 좋은 책을 읽는 것과 같다."라는 말처럼 좋은 책을 읽다 보면 그 당시를 살았던 사람들과 상황, 당시의 풍습 등을 알 수 있을 뿐만 아니라 간접적인 여행을 할 수 있다. 그래서 책이 유용하게만 쓰인다면 무한한 지식을 전달하는 것은 물론 깨어 있는 참지식인으로 살아갈 수 있게 한다고 볼 수 있다.

우리 식탁에서 제철 과일이 사라진 지 오래다. 너무 빠른 것에만 익숙해졌기 때문이다. 예컨대, 5월 중순부터나 먹을 수 있었던 딸기는 초겨울부터 4월까지 시장을 수놓고, 정작 제철인 5월에는 볼 수조차 없다. 수박과 토마토, 참외, 오이, 그리고 각종 산나물 역시 마찬가지다.

아이들 교육 또 어떤가. 대학에서 수학을 전공한 사람들도 초등학교 아이들 수학을 이해하기 어렵다는데, 더 말해 뭐하랴.

예전에도 올된 아이가 있으면 늦되는 아이도 분명 있었다. 제 나이에 제대로 못 해도 옛사람들은 "저 아이가 늦되는가 봐."라며 진득하게 기다릴 줄 알았다. 그러나 지금은 조금만 늦되어도 큰일이 날 것처럼 야단법석이다. 너무 일찍 또 남보다 먼저 배워서 뭘 어쩌겠다는 것인지. 또 그렇게 조기교육을 시키고 야단법석을 떠는데 대학은 왜 신입생들의 기초학력이 부족하다고 타박하는지 알다가도 모를 일이다.

어느 누구도 나를 주목하지 않았다

나는 외톨이였다. 사는 것만으로도 버거운 어머니가 그나마 나를 가장 관심 있는 눈길로 바라봤을 뿐 아버지도, 할머니도, 고모나 삼촌, 작은아버지 내외도 그저 한 아이가 자기들 곁에 있다고 생각했을 뿐이다. 누구도 "이렇게 살면 안 돼." 라거나 "장래 희망은 뭐니?"라며 살갑게 챙겨주지 않았다. 심지어 학교에 가는지, 안 가는지조차 관심을 두지 않았다. 어쩌다 눈길이라도 마주치면 그저 무심히 바라만 볼 뿐이었다. 말 그대로 방치였다.

그러기는 나 역시 마찬가지였다. 붙임성이라고는 없어서 인사 한 번 살갑게 건네지 못했다. 유난히 내성적이었던 나는 사람들 눈에 띄지 않기 위해 귀퉁이나 변두리만을 찾아다녔다. 그만큼 나는 철저히 혼자였고, 언제나 외로웠다. 그 때문에 그것을 즐기는 법을 일찍부터 터득했다.

내 어린 날을 회상해보면 온통 슬픔과 절망뿐이다. 또한, 사람들과 어울리지 않고 혼자 생활하다 보니 사회성이 크게 떨어졌다.

사회학자 니콜라스 루만은 "인간의 공동생활은 공동으로 해석되고 이해되는 세계, 예상 가능한 질서를 제시하며 동의할 수 있는 체험, 의사소통과 그 이외의 행동에 대한 충분한 연결점을 제공하는 그런 세계에서만 가능하다."라고 말한 바 있다. 그의 말처럼 사람에게는 확고하고 신뢰할 수 있으며 지속성 있는 구조가 일정 기간 필요한데, 내게는 그것이 결여되어 있었다.

그러나 살다 보니 슬픔은 어느 별, 어느 곳, 누구에게나, 어느 시대에나 존재함을 알게 되었다. 단지 정도의 차이만 있을 뿐. 그렇게 지속된 슬픔이 지금도 오래된 습관처럼 내 몸에 깊숙이 배어 있다. 그래서일까. 어느 날 불쑥 기쁜 일이 찾아와도 나는 슬프기 그지없다.

누구도 나의 부재를 모른다

누구도 나의 삶이 도주한 사실을 모른다

쉬파리에 쏘인 누에처럼 껍질만 남겨 놓은 채 사라져 갔음을

내 귓전에서 하루종일 진혼곡이 울리다가

앞 시간 사람들의 아픔이 보이다가

어느덧 공동묘지에 무덤도 없이 누워 있음을

누구도 보지 못한다.

지금도 나의 거짓의 껍데기 앞에 사람들은 진지하게 서 있다

__ 〈비어 있는 나〉 중에서, 1985년 8월 22일 作

어디서, 무엇이 되어 다시 만나리

_____ 그리운 사람, 그리운 시간

내가 알고 있는 거의 모든 작가는 그들의 어린 시절을 사랑한다. 하지만 나는 나
의 어린 시절을 증오할 뿐만 아니라 청춘 시절 또한 좋아하지 않는다. 청춘은 나
를 뒤로 잡아당기는 듯한 감정이었기 때문이다. 내게 어린 시절 따위는 없었다.

_____ 앙드레 말로, 《반희고록》 중에서

나의 어머니, 정병례

남편복이라고는 지지리도 없던 가엾은 삶

아버지보다 네 살 아래였던 어머니. 어머니는 당신이 일제 강점기 때 초등학교에 다녔다는 사실을 매우 자랑스럽게 생각했다. 그러나 초등학교도 제대로 나오지 않은 아버지를 단 한 번도 무시하지 않았다.

어머니 이름은 정병례였다. 전라북도 익산군 왕궁면 봉암리에서 태어난 어머니는 큰 오빠와 할아버지의 친분으로 인해 당시 아버지가 살던 전라북도 진안군 마령면 계서리 계남마을 그 먼 곳까지 시집오게 되었다.

"그때 큰 차 두 대를 불러서 갔제. 이불 10채, 모시치마 15죽, 모시적삼 15죽, 핫바지가 50개, 농·경대할 것 없이 다 혀 갔어. 이불도 쌍쌍이 여러 채 혀 갔구만. 그때 너그 할아버지 친구인 전태주 씨허고 국회의원 오기열 씨가 평지에 살았는디, 그 두 양반을 우리 방에 모셨어야. 그 사람들한테 시집옴서 갖고 온 물건들 귀경시킬라고 말이여. 그때 온종일 음식 만드느라 난리도 아니었당께."

외갓집은 익산군 왕궁면 일대에서 제법 알아주는 부자로 집에서 일하는 사람만 해도 여럿 있었다고 한다. 그러나 일찍 부모를 여읜 뒤 재산을 물려받은 큰 외삼촌은 살림은 돌보지 않은 채 술과 유흥에 빠졌다고 한다. 그러다가 만난 것이 우리 할아버지였고, 두 분이 의기투합해서 혼삿말이 오갔던 모양이다.

"자네 여동생 우리 큰아들에게 시집보내게."

"그라지 뭐."

그때만 해도 대부분 같은 마을이나 기껏해야 같은 면 안에서 혼사가 이루어졌다. 그런데 진안 첩첩산중 산골 총각과 나름 도회지였던 익산 처자가 만난 것은 그런 이유 때문이었으리라.

부잣집에서 초등학교까지 나온 어머니가 초등학교도 마치지 못한 아버지와 혼사를 맺은 그때부터가 불행의 시작이었다. 살금살금 다가오는 불행의 그림자를 스무 살 남짓의 순수하고 세상 물정 모르는 아가씨가 어찌 예감이나 했을까.

여하튼 어머니는 할아버지와 큰 외삼촌의 인연으로 인해 그 먼 거리를 시집와야 했다. 하지만 어찌 된 영문인지 공방살(남편과 떨어져 독수공방하는 일)이 들어 시댁에서 3년을 혼자 산 뒤 다시 친정으로 돌아가서 3년을 살았다고 한다.

어머니가 집으로 다시 돌아온 것은 할아버지가 돌아가셨다는 소식을 들은 후였다. 그때 우리 집은 마령 생활을 청산하고 내가 태어난 곳으로 이사한 뒤였다.

"큰 외삼촌이 니는 어차피 그짝 귀신이니, 죽어도 그 집 가서 죽으라고 혀서 할아버지가 돌아가신 다음 해 제사 지내러 왔제. 그때 너그 아버지를 다시 만나서 너를 가졌어야."

그렇게 해서 우여곡절 끝에 집으로 돌아온 어머니는 나를 낳았다. 하지만 하루 세 끼는커녕 두 끼 먹기도 어려울 만큼 시댁 꼴이 말이 아니었다. 그러나 그것쯤은 충분히 견딜 수 있었단다. 어머니를 더 견디기 힘들게 했던 것은 할머니를 비롯한 시댁 식구들과의 불화였다. 무엇 때문에 그런 일이 생겼는지는 알 수 없지만, 할머니는 말 그대로 매우 가혹할 정도로 어머니에게 시집살이를 시켰다고 한다.

그런 생활과 가난을 견디다 못한 어머니는 결국 자신만의 세계를 개척하기 위해 행상을 시작했고, 우여곡절 끝에 논 몇 마지기나마 마련했지만, 애당초 그것을 지탱하기란 무리였던 듯, 하루가 멀다고 아버지가 사고를 쳤다. 그 결과, 어머니가 어렵사리 번 돈으로 장만한 논은 한순간에 공중으로 날아가 버렸고, 자신의 힘으로 집을 일구려던 어머니의 꿈 역시 물거품이 되고 말았다.

행상을 시작한 후 이십여 년 동안 어머니는 세상 모든 짐을 다 머리에 인 채 세상의 모든 길을 다 걸으셨다. 한 아이(여동생 미숙이)는 등에 업고, 한 아이는 손을 잡은 채. 머리 위에는 항상 대여섯 말의 곡식이 있었다. 그래서일까. "어머니, 어려운 시절이 닥쳐올 거예요. 당신의 아들이 울고 있어요."라는 이성복 시인의 시를 떠올릴 때면 큰 옷 짐을 머리에 가득 이고 길을 떠나시던 어머니의 뒷모습이 그림처럼 떠올라 코끝이 시큰해지곤 한다.

어머니 울음소리를 처음 듣던 날

초등학교 4학년 때쯤이었을 것이다. 어머니는 행상을 나가면 거의 열흘에서 보름 정도 있다가 돌아오셨다. 그 때문에 행상을 나가기 전에는 반드시 남은 식구들이 그동안 먹을 최소한의 곡식과 밑반찬을 마련해놓고 대략 언제쯤 돌아올 것이라고 말한 후에 나가셨다.

그날도 어머니가 막냇동생 형교를 엎고 나간 지 일주일쯤 된 날이었다. 며칠간 집을 비운 아버지가 두어 살쯤 되는 아이를 업은 여자를 데리고 왔다. 그러고는 나와 동생에게 "인자 저 사람을 어매라고 불러라. 자는 오늘부터 니들 동생이다"라고 했다.

나는 말할 수 없는 불안감을 느꼈다. 하지만 자세한 내막을 알 수 없기에 어머니가 돌아오기만을 목이 빠지게 기다렸다. 어머니가 돌아오면 복잡한 이 상황이 금방 해결될 것으로 생각했기 때문이다. 그래서 그 여자가 밥을 해줘도 먹는 둥 마는 둥 했고, 그 여자가 데리고 온 여자아이 역시 멀거니 바라만 볼 뿐 어떤 말도 건네지 않았다.

그렇게 며칠이 흘렀다. 집에 돌아온 어머니는 누가 말하지 않는데도 당신이 집을 비운 사이 집안에서 일어난 일을 금세 눈치챘다. 그러더니 아무 말 없이 미닫이문을 열고 윗방으로 들어가신 뒤 한동안 거기서 나오지 않았다. 무슨 일이 일어날까 가슴이 조마조마했던 나와 동생은 미닫이문을 슬쩍 열고 윗방으로 들어갔다. 그리고 보았다. 머리를 파묻은 채 어깨를 들썩이며 소리 죽여 울고 있던 어머니를.

어머니는 두어 시간을 그런 자세로 울고 또 울었다. 그뿐이었다. 어머니는 아버지에게 더는 아무 말도 하지 않았고, 그 상황을 그대로 받아들였다. 평온하지 않은 평온한 나날이 바람이 문틈을 지나가듯 그렇게 스치고 지나갔다.

그 여자가 아이와 함께 집을 나간 것은 그로부터 열흘쯤 뒤였다.

몇 년 전 문득 그때 일이 생각나서 어머니에게 물은 적이 있다. 그러자 어머니는 파르르 떨리는 목소리로 그동안 숨겨두었던 이야기를 미주알 고주알 풀어놓기 시작했다. "여자가 한을 품으면 오뉴월에도 서리가 내린다."는 속담이 있는데, 어찌 그때 일을 어머니가 잊어버릴 수 있으랴. 나는 차마 그날 왜 그 여자의 머리카락이라도 잡고 싸움을 걸거나 아버지의 가슴팍이라도 두드리며 실컷 욕이라도 하지 않고 고개 숙인 채 울기만 했는지 물을 수 없었다. 그런데도 어머니는 내 의도를 알아챘는지 이렇게 말씀하셨다.

"나도 불쌍혔지만, 그 여자가 오죽허믄 너그 아부지 같은 사람을 따라서 거까지 왔을까 싶어서 서러워서 울었어야."

이상한 것은 그 여자와 우리가 일 년여를 함께 살았다는 것이다. 내 기억이 맞는지, 어머니의 한 맺힌 기억이 맞는지는 알 수 없다. 그런데 어느 날, 어머니의 기억이 옳다는 사실을 알게 되었다.

"그때 그 여자가 뭣 땜시 나갔는지 아냐?"

나는 그 내막이 잘 기억나지 않아서 눈만 껌벅거렸다.

"그때 그 여자가 글더라. 성님도 잘 해주고, 애아부지도 잘 해줘서 여기서 살다가 죽어야겠다고 생각했는디, 큰애가 편지를 보냈지 뭐요. 그래서 이러다가는 아 가슴에 대못 박을 것 같아서, 아무래도 집을 나가야 헐 것 같다고."

그 소리에 어머니는 그 여자에게 쌀 몇 가마 값을 챙겨주었고, 여자는 며칠 후 집을 나갔다고 한다. 그러자 수많은 고심 끝에 편지를 쓰던 내 모습이 아스라이 떠올랐다. 하지만 그때 내가 그 편지에 뭐라고 썼는지는 도저히 생각나지 않았다. 어머니의 말끝은 이랬다.

"그 뒤로 어디로 갔는지, 어디서 사는지 참말 알 수가 없었제. 가끔은 불쌍허다는 생각이 들기도 허고, 어디서 사는지 궁금하기도 혀."

그러면서 말끝을 흐리는 어머니의 주름진 얼굴 위로 옛 기억이 아스라하게 스치고 지나가는 듯했다.

만일 내 기억이 틀리지 않는다면 그 여자는 이제 팔십 대 초반이 되었을 것이고, 아이는 오십 대 중반쯤 되었을 것이다. 그 아이가 정말 아버지의 숨겨 놓은 딸인지는 알 수 없다. 하지만 가끔가다 그 아이 생각이 무심코 들곤 한다. 그럴 때마다 문 뒤에 숨어서 나와 동생을 쳐다보던 아이의 눈빛이 생각나서 가슴이 아려온다. 한 번이라도 다정하게 말을 건네줄 것을.

무능력한 아버지 대신 집안의 가장이 되어야 했던 어머니

고모네 집을 돌아 영식이네를 거쳐 진태 집에 이르면 시냇물 소리가 시원하게 들리곤 했다. 나뭇가지 사이로 보이는 시퍼런 소(沼, 큰 하천의 주변에 홍수로 인한 범람이나 낮은 곳에 물이 모여 만들어진 웅덩이), 그 소가 각시소였다. 먼 옛날 갓 시집온 새색시가 몸을 던졌다는 그곳을 바라보면 무섭기도 했지만 얼마나 깊을지 무척 궁금했다.

오랜 세월이 흐른 어느 날, 어머니가 각시소와 관련된 이야기를 들려준 적이 있다.

"나가 밤중에 얼마나 여러 번 거기 간 줄 아냐?"

"왜요?"

"빠져 죽을라고 갔다가 니 얼굴이 생각나서 돌아온 것이 열 번도 더 될 것이여."

얼마 전 오랜만에 고향에 갔다. 진안군 백운면 소재지인 원촌에서 어린 시절 몇 년을 보낸 내게 그곳은 갈 때마다 새로운 상념을 불러일으킨다. 그날도 마찬가지였다. 이리저리 둘러보는 내게 임실 17㎞라고 쓰인 이정표가 섬광처럼 눈에 띄었다. 그러자 기억 속에서 까마득히 사라졌던 한 시절이 파노라마처럼 머릿속을 스치고 지나갔다.

내가 대운이재를 맨 처음 넘은 것은 초등학교를 졸업하던 해였다. 중학교에 진학하지 못했던 나는 친구들이 입고 있던 교복이 한없이 부러웠다. 그 때문에 교복을 입은 친구들을 보면 괜히 주눅이 들곤 했다. 그들과 마치 다른 세상에 사는 것 같았기 때문이다.

사실 그 무렵, 우리 집은 가세가 기울대로 기울어 영 말이 아니었다. 결국, 평생에 걸쳐 단 한 번도 성공이란 것을 해보지 못한 채 실패만 거듭했던 아버지를 믿지 못한 어머니는 옷을 떼다 파는 행상을 시작했고, 돈이 아닌 쌀이나 콩, 보리, 서숙이라 부르는 조 등으로 옷값을 받았다. 그때마다 어머니는 백운에서 임실까지 예닐곱 말씩 그것을 머리에 이고 가서 팔곤 했다.

어머니는 버스비를 아끼기 위해 그 길을 순전히 걸어 다녔다. 나 역시 어머니의 길동무나 짐꾼이 되어 원촌에서 임실읍까지 17㎞를 몇 번이고 오갔다. 감수성이 한창 예민하던 나이에, 그것도 친구들은 대부분 중학교에 다니는데, 곡식 네댓 말을 등에 지고 40리가 넘는 길을 걷는다는 것이 얼핏 창피하기도 했지만 어쩔 도리가 없었다.

어머니와 상의 끝에 나는 이른 새벽에 길을 나서곤 했다.

"새벽 일찍 깨워주세요."

"그랴, 알았응께, 얼른 자거라."

그러나 새벽 일찍 무거운 짐을 지고 길을 나서야 한다는 중압감에 쉬이 잠이 올 리 없었다. 이리저리 보채며, 막 잠이 들었다고 생각한 순간, 어머니 목소리가 들려왔다.

"시간 되었어야. 인자 그만 일어니그라."

주섬주섬 일어나 어머니가 차려놓은 밥을 몇 수저 뜨는 둥 마는 둥 하고 너 말쯤 되는 곡식을 멜빵을 해서 등에 메자 어깨가 무지근했다. 유난히 작았던 열서너 살짜리 소년이 네댓 말의 곡식을 등에 메고 허리를 구부린 채 길을 걷는 모습을 상상해보라. 얼마나 측은한가.

그렇게 해서 어머니와 나는 창고가 있던 동창리를 지나 섬진강 최상류에 놓인 백운교를 건너 오정마을로 향했다. 어떤 날은 구신이재를 넘어 구신마을을 거쳐 가기도 했다. 마을에 샘이 다섯 개가 있어 이름 붙여진 오정마을을 지나면 곧 오르막길이었다. 그곳이 바로 대운이 고개다. 그곳에 이르면 나보다 두세 말은 더 머리에 이고 가는 어머니의 숨소리 역시 가빠지기 시작했다. 하지만 나도 힘들어서 뭐라 말할 수는 없고, 언제쯤이면 이런 짐을 지지 않고 편안히 고개를 넘을 수 있을까? 라는 생각을 하며 고통을 이겨내곤 했다.

고갯마루를 넘어 한참을 내려가면 대운 마을에 닿는다. 《한국지명총람》에 '지대가 매우 높아서 구름 위에 올라앉은 것 같다.'고 기록된 대운 마을. 그곳에 이르면 인기척을 느낀 개가 마구 짖기 시작하고, 나와 어머니는 새참으로 가져온 보리 개떡을 먹었다. 그러면서 어머니는 당신의 시집살이며 당신이 살아온 이야기 등을 늘어놓았지만, 나는 한 귀로 듣고 한 귀로 흘려버렸다. 어두운 현실을 잊기 위해 지난밤 읽었던 소설의 뒷이야기를 상상하느라 여념이 없었기 때문이다.

대운 마을 바로 아랫마을이 수철리다. 조선을 세운 태조 이성계가 지리산에서 상이암으로 들어갈 때 만난 사람에게 "수천 리를 걸어왔다."라고 했다는 마을이 바로 그곳이다.

수철리를 지나 성수리에 이르면 날이 희뿌옇게 밝아왔다. 그곳에서도 임실읍까지는 제법 먼 거리다. 하지만 그때쯤이면 내 또래 아이들은 교복을 입고 버스 정류장에서 버스를 기다렸고, 초등학교 아이들은 함께 모여서 학교에 가곤 했다. 나는 그 모습을 이방인처럼 지켜보며 어머니 뒤를 따랐다.

그렇게 해서 마침내 임실장에 닿으면 해는 중천에 뜨고 사십 리가 넘는 길을 등짐을 지고 걸어온 내 몸은 파김치가 되었다. 그러나 그게 다가 아니었다. 다시 돌아가는 길이 남았기 때문이다.

나는 어머니가 사주는 국밥 한 그릇을 먹은 후 돌아갈 시간을 하염없이 기다렸다. 그때 눈부시게 떠 있던 햇살은 얼마나 나를 주눅 들게 했던지.

말보다 눈물이 앞서는 어머니의 삶

어머니는 행상을 떠나기 전 항상 이렇게 말하곤 했다.

"닷새 뒤 저녁때나 올 것잉게, 그때 금당재 밑으로 나오니라."

그렇게 해서 어머니가 행상을 떠나면 나는 곧바로 달력에 표시를 해두곤 그날을 하염없이 기다렸다. '금채락지'라는 명당이 있다는 금당재는 그리 높진 않지만 대부분 시골 마을이 그렇듯이 어둠이 내리기도 전에 사람의 기척이 사라질 만큼 외진 곳이었다.

어머니가 돌아오기로 한 날이 되면 조금 서둘러 마중을 나갔다. '오늘은 어머니가 외상값으로 받은 곡식을 얼마나 많이 머리에 이고 올까'라는 생각에 발길이 저절로 빨라졌기 때문이다.

그리 크지 않은 느티나무 두 그루가 다정하게 서 있는 고갯마루에 오르면 조금은 숨이 찼다. 그런데도 어머니는 아직 기척이 없다. 할 수 없이 거기서 조금 더 내려가면 금당 방죽이 나온다. 하지만 그때쯤이면 뭔지 모를 공포가 불현듯 밀려오면서 소름이 끼치곤 했다. 그래서 나도 모르게 "어머니" 하고 부르곤 했는데, 그때마다 저 멀리서 "오냐, 여그 가고 있다!"라는 어머니의 반가운 목소리가 들려왔다.

기쁜 마음에 어두운 밤길을 달려가면 어둠 속에 희미하게 어머니의 모습이 드러났다. 그럴 때면 어머니는 무거운 짐을 머리에서 내리면서 이렇게 말하곤 했다.

"오니라고 고생혔지야? 춥진 않냐? 너 줄라고 이것 가져왔어야."

그러고는 목을 뺀 채 하염없이 자신을 기다리고 있었을 아들에게 먹을 것을 내밀었다.

그런 어머니가 살아생전 가끔 내게 전화를 걸어 "너를 생각허믄 지금도 가슴이 아퍼야."라고 말씀하곤 했다. 그럴 때마다 내 마음 역시 미어졌다. 어머니가 살아오신 세월을 누구보다도 잘 알고 있기 때문이다.

"어머니, 그런 소릴랑 하지 마세요. 어머니가 살아온 세월을 누구보다도 제가 더 잘 알고 있어요. 그래서 어머니만 생각하면 저 역시 눈물이 앞을 가린답니다."

어머니 목소리를 들으면

작고 가녀린 뒷모습이 생각나 가슴이 미어질 때가 있다

늦은 가을,

강변에 바람이 불때마다 흔들리는

갈대 울음소리 같던 어머니의 울음소리

___ 〈갈대 울음 같던 어머니 목소리〉 중에서, 1985년 11월 22일 作

나의 아버지, 신영철

한평생 풍류객으로 살다 간 무능력한 가장

"아버지, 저 내일 소풍 가요."

"그려, 어디로 간다냐?"

"마이산으로 간대요."

어머니가 있다면 소풍날 아침 도시락을 챙겨줬겠지만, 어머니는 행상을 떠나고 집에 없었다. 그때마다 나와 동생들의 밥을 챙기는 건 아버지 몫이었다.

소풍날 아침. 아버지는 내가 일어나기도 전에 일어나서 도시락을 준비하셨다. 도시락이라야 별것 아니었다. 달걀 하나 삶고, 김치 조금 그리고 소풍 가서 쓸 용돈 약간. 아무리 많이 줘도 5원을 넘지 않았다. 센베이(일본식 건과자)와 음료수 하나를 사기에도 부족한 돈이었다. 그런데도 소풍을 그토록 기다린 것은 한 번도 가보지 못한 미지의 세계에 대한 호기심 내지는 어딘가로 떠날 수 있다는 설렘 때문이었다.

잘 사는 집 아이들은 옷차림부터가 달랐다. 그들은 새 운동화에, 어디서 본 적도 없는 모자를 쓰고 왔다. 하지만 나를 비롯한 대부분 아이는 어제도 그제도 신었던 검정 고무신에, 입던 옷 그대로였다. 떨어지지만 않으면, 못 입을 정도로 찢어지지만 않으면 닦고, 꿰어 신고, 입었다.

이윽고 저마다 상기된 표정으로 운동장 앞에 서면 선생님의 긴 훈시가 이어졌다.

"오늘 가는 마이산은 경치가 겁나게 좋은 곳이지만, 거리가 꽤 멀다. 오전 일찍 도착혀서 점심 묵고 바로 오지 않으믄 날이 저물 것잉께 되도록 해찰(딴전 피지 말고)허지 말고 잘 따라와야 헌다 잉. 다들 알았제?"

그렇게 해서 우리는 송림재를 넘어 단풍이 곱게 물든 마이산으로 향했다. 선생님의 말씀대로라면 모두 다 도착해서 점심을 먹어야 하지만 먼 길을 오느라 진이 빠진 아이들은 선생님 몰래 반쯤은 이미 먹은 뒤였다.

지금도 마이산에 갔을 때의 일이 생생하다. 나는 말의 귀를 닮은 그 거대한 돌탑을 한 명이 쌓았다는 말을 듣고 깜짝 놀랐다. 어찌나 신비스럽게 생겼던지 바라보고 또 바라보았다. 그러다가 은수사 옆에 있는 배나무(지금은 천연기념물로 지정되어 있다) 밑으로 갔다. 푸른 청실배가 주렁주렁 달려 있었다. 하나를 따서 입에 물자 새콤하면서도 달콤한 물이 쭉 빠져나왔다.

점심을 먹고 나자 곧바로 보물찾기가 시작되었다. 선생님이 숨겨놓은 보물이라는 말이 적힌 쪽지를 찾는 것이었다. 아이들 대부분이 그 시간을 가장 기다렸지만, 나는 전혀 흥미가 없었다. 한 번도 보물을 찾아본 적이 없기 때문이다. 찾는 시늉만 하다가 끝나는 경우가 많았다.

마이산에 머문 시간은 불과 한 시간 반이나 되었을까. 쉬지도 않고 오랜 시간을 다시 걸어서 집에 도착했을 때는 이미 어둠이 서리서리 내린 뒤였다. 어둠 내린 방안에 아버지는 술에 취한 채 잠들어 있고, 나를 기다리다 지친 동생들 역시 그 옆에서 곤히 잠들어 있었다.

오로지 자신만을 위한 삶을 산 아버지

"영철이 그 사람, 사람 좋고, 말 잘 허고, 똑똑헌디, 재물복은 지지리도 없어."

아버지에 대한 사람들의 평가다. 하지만 다른 사람들에게 좋은 사람이라는 말 듣는 사람치고 집에서 평판 좋은 사람은 거의 없다. 그것을 가르쳐준 것이 바로 아버지였다. 그 때문에 아버지는 할머니나 남동생은 물론 누나나 누이동생(고모들)에게도 제대로 된 대접을 받지 못했다. 오직 어머니만이 이래도 저래도 아버지를 용납할 따름이었다.

해방되기 직전인 1945년 초여름 일본 군대에 입대해 목포에서 훈련받던 중 해방을 맞아 고향으로 돌아온 아버지는 얼마 후 어머니와 결혼했다. 하지만 공방살이 들었다는 이유로 6년간 떨어져 살아야 했고, 한국전쟁을 맞아 국민방위군에 편입되어 죽을 고비를 여러 번 넘겼다. 그것이 아버지의 절망과 상처를 키웠으리라.

아버지는 어느 것 하나 제 역할을 하지 못했다. 차를 사서 산판업(산에서 나무를 베어다 팔던 일)을 벌렸지만, 그것 자체가 불법이었기에 벌금을 물거나 담당자에게 뇌물을 자주 주지 않으면 안 되었다. 그러니 망하는 것 역시 시간문제였다. 그 뒤로도 여러 가지 사업을 벌였지만, 번번이 실패로 끝났다. 전주에 가서 사업을 벌였다가 실패한 뒤에는 부안에 가서 한동안 살기도 했다.

살아생전 어머니는 가끔 부안 시절을 들먹이곤 했다. 큰아들(나)은 고향에 있는 할머니에게 맡기고, 둘째 아들과 마누라는 전주 셋집에 남겨놓은 채 집을 나가신 아버지는 몇 달이고 소식을 끊어버렸단다. 목구멍이 포도청이라고 하는 수 없이 남의 옷을 꿰매주며 살았던 그 시절 이야기를 할 때마다 어머니는 눈물을 글썽이곤 했다.

그후 다시 고향으로 돌아와 몇 가지 일을 더 벌였지만, 그마저 실패한 뒤에는 어머니 장사를 따라다니기도 하고, 말 그대로 그럭저럭 세상 돌아가는 대로 살았던 사람이 바로 우리 아버지였다. 아버지는 말술도 마다하지 않는 주당에다 친구가 유달리 많았다. 담배는 또 얼마나 자주 피웠던지. 거기에다 도박까지 좋아했으니 더 말해 뭐하랴.

돌이켜보면 아버지는 철저하게 자신만을 위한 삶을 살았다. 좋게 말하면 한평생을 풍류객으로 살다 가셨다. 세상의 아웃사이더로 살다 갔다고나 할까. 그런데 왜 그런 삶을 살았는지 도저히 이해가 안 될 때가 더러 있다. 머리가 좋으셨다니 무슨 일을 했어도 잘했을 텐데 말이다.

어린 시절부터 아버지가 돌아가실 때까지 수도 없이 어머니에게 들어서 가슴속에 각인된 말이 있다.

"너그 아버지가 속을 못 채래서 살 수가 없어야."

어머니에 의하면, 아버지는 돈을 벌면 집에는 가져오지 않고 남들에게 다 써버렸다고 한다. 그러니 다른 사람들로부터 좋은 사람이라는 말을 듣는 건 지극히 당연했다. 어쩌다가 어머니가 자식들 걱정이라도 하면 이렇게 말씀하시곤 했단다.

"암것도 걱정헐 것 없어. 저그 묵을 것은 다 타고 나는 법이여."

아버지는 그런 사람이었다.

적지 않은 세월을 이렇게도 살아보고 저렇게도 살아본 내가 삶을 반추해보면 아버지의 말이 영 틀리지는 않는 것 같다. 왜냐하면, 우리 삶에는 분명 우리가 어쩔 수 없는 부분이 있기 때문이다. 그것을 운명이라고 할 수밖에.

평생 자기 집을 갖지 못했던 비운의 삶

어린 시절, 아버지가 함께 살 집을 보러 가자고 한 적이 한 번 있다.

"아무래도 저짝에다 집을 짓는 것이 좋겠다."

나는 내심 기뻤지만, 동시에 뭔가 미심쩍었다. 그곳이 우리 것도 아니었을뿐더러 당시 우리 형편으로는 도저히 집을 지을 수 없었기 때문이다. 그러나 아버지는 그런 사정은 남의 일이라도 되는 듯 전혀 거리낌 없었다.

"그려, 흙벽돌부터 먼저 찍어놓자."

실제로 아버지는 개울 건너 공터에 진흙을 몇 차 실어 나른 후 볕 좋은 날을 잡아 일꾼을 몇 명 얻어 벽돌을 찍기 시작했다. 그때 내 기분은 날아

갈 듯했다. 임실로 이사 온 뒤 어느 한순간도 집 때문에 마음 편한 날이 없었기 때문이다. 그래서 이참에 새집을 짓는다면 그동안의 답답하던 마음이 모두 풀릴 것만 같았다. 물론 세 칸짜리 집을 짓는다고 해서 당장 나나 우리 집 생활에 어떤 큰 변화가 있겠는가만, 집을 짓는 것 자체만으로도 내 가슴은 한없이 기쁘고 설레었다.

흙벽돌을 찍는 작업은 꽤 순조로웠다. 또 어느 것 하나 비에 젖거나 갈라지지 않고 잘 말라서 차곡차곡 마당 한쪽에 쟁여졌다. 행여 비를 맞을세라 비닐로 꼭꼭 덮어두기도 했다. 문제는 후속 작업이었다. 진전이라곤 보이지 않았다. 며칠, 며칠 하다가 몇 달이 지났고, 결국 해를 넘겼다. 흙벽돌을 덮었던 비닐이 다 벗겨져서 벽돌이 깨져가도 집을 지을 어떤 조짐도 보이지 않았다.

그러던 어느 날이었다. 아버지가 유난히 기분 좋고 상기된 표정으로 어서 옷을 입고 함께 나가자고 했다.

"청웅에 헌 집 한 채가 났단다. 그것을 사서 옮겨 짓자."

그길로 아버지를 따라간 곳은 임실읍에서도 한참 들어간 청웅면의 한 마을이었다. 그곳에 버려진 세 칸짜리 집이 있었다. 집 상태로 보아 꽤 오랫동안 사람이 살지 않은 듯했다. 조금 낡아 보이긴 했지만, 그런대로 괜찮았다. 그러나 "가는 날이 장날"이라고 마침 집주인이 먼 곳으로 출타 중이었다. 할 수 없이 아버지와 나는 이리저리 둘러만 보고 저물녘에 다시 집으로 돌아왔다. 그러나 그뿐이었다. 그 뒤 그 집에 관해서 아버지는 더는 아무 말도 하지 않았다.

결국, 아버지는 살아생전 당신만의 번듯한 집을 한 번도 가져보지 못한 채 십여 년을 살았던 그 비좁은 단 칸 방에서 57세의 나이로 돌아가셨다.

세월이 흐르는 강물처럼 흐른 뒤 어머니에게 물었다.

"어머니, 그때 우리 집 형편에 집을 지을 수는 있었어요?"

그러자 어머니는 이렇게 말했다.

"아니, 집은 무슨 집. 니 동생들 학비 대기도 겁나게 벅찼는디."

아버지가 정말 집을 지을 생각이었는지, 아니면 항상 집에 관한 콤플렉스를 가진 내게 부질없는 꿈이라도 심어주려고 일부러 그런 것인지는 알 수 없다. 하지만 그 몇 해 동안 나는 머릿속에서 이런저런 형태의 집을 여러 채 지었다가 부수곤 했다. "장님처럼 나 이제 더듬거리며 문을 잠그네. 가엾은 내 사랑 빈집에 갇혔네."라는 기형도 시인의 시와 달리 가여운 내 사랑은 실재하지도 않는 가상의 집에 갇혀버리고 만 것이다. 그렇듯 나는 사랑이 아니라 희망을 잃은 채 살았고, 내가 마음속으로 그리던 집은 끝까지 그 모습을 드러내지 않았다.

다혈질에 세상 물정이라곤 몰랐던 아웃사이더

"아이고, 겁나게 춥네. 막걸리 한 사발 주어."

그 말에 몇 사람이 뒤따르며, 이렇게 말을 잇는다.

"겨울이 추우면 내년 농사가 풍년이 든다지. 암튼 춥긴 겁나 춥다."

그런 날이면 우리 집은 노름판으로 변했다.

날이 저무는 오후 다섯 시쯤 되면 얼큰하게 취한 사람 중에서 누군가

한 사람이 "판 한 번 돌릴까?"라면서 "어! 영철이 어때?"라고 묻곤 했다. 그러면 아버지는 사람들을 큰방으로 들어오라고 한 뒤 지금도 눈에 선한 국방색 엷은 담요를 꺼냈다. 그 담요를 어디서 어떻게 구했는지는 모르지만, 화투가 착착 들러붙는 것이 화투와 한 쌍으로 여겨질 만큼 궁합이 아주 잘 맞았다.

그때부터 노름이 시작되었다. 지금도 눈에 선한 담배 연기 자욱한 그 방. 그런 날이면 호롱불이 사라진 대신 두 개의 밝은 호야등(남포등)이 켜진다. 사람들 눈빛이 이글거리고 화투패를 돌리는 사람의 손놀림이 부산할수록 판돈 역시 커진다. 곧이어 한숨과 탄성이 교차하면서 돈을 잃고 빠지는 사람과 돈을 딴 사람의 표정이 극명하게 갈린다. 미닫이도 없는 바로 윗방에서 동생과 누운 채로 그 소리에 귀 기울이지 않으려 애써 보지만, 기찻길 옆 오막살이처럼 계속 들려오던 그 소리. 그러다 한판 싸움이라도 벌어지면 우리 집은 그야말로 난장판이 되었다.

화투 한 판 치고 술 마시고, 담배 한 대 피우고 술 마시고, 장땡 났다고 술 마시고, 따라지 잡았다고 술 마시고. 화투를 친 것인지 술을 마신 것인지 모르는 그 노름판의 뒤끝은 대개 허무한 뒷그림자만 남기고 끝이 났다.

돈을 딴 사람은 소리 소문도 없이 슬그머니 사라지고, 잃은 사람들은 퀭한 눈으로 비실비실 일어나 우리 집 큰방을 힘없이 걸어 나갔다. 어떤 날은 술그릇이 날아 가고, 먹살잡이하며 고래고래 소리를 지르기도 했다. 그런 날이면 나와 동생은 영문도 모른 채 깨어나 방구석에서 겁을 잔뜩 먹고어서 노름이 끝나기를 기다렸다.

아버지가 노름을 잘 했는지 못했는지는 잘 모른다. 다만, 머리 좋은 것, 재주 있는 것과 화투를 잘 치는 것은 별개의 문제라는 것이 지금의 내 생각이다.

지금 생각하면 가게 주인인 아버지는 고리를 뜯기만 하면 무조건 남는 장사였다. 그런데 돈에 눈이 멀었기 때문인지, 아니면 그만큼 세상 물정을 몰랐기 때문인지 기어이 화투판에 끼어들어 방을 빌려주는 것도 모자라 돈을 잃는 악순환을 되풀이했다. 물론 훈수나 두고 개평이나 뜯는 것이 다혈질이었던 아버지 성격과 안 맞았을 수도 있다. 하지만 아버지 역시 노름판에서 돈을 챙기는 사람은 개평이나 고리를 뜯는 사람들밖에 없다는 사실을 알고 있었을 것이다. 그러면서도 불 속으로 뛰어드는 불나방처럼 노름판에 끼어들어 그날 수입까지 다 날리고야마는 아버지의 마음을 도저히 이해할 수 없었다.

아직도 환청처럼 들려오는 아버지의 기침 소리

"이놈 자식아! 넌 이태백이 될라고 맨 날 책만 읽냐?"

어린 시절부터 아버지에게 수도 없이 들었던 말이다. 아버지는 정말 내가 책 읽는 것이 싫었던 것일까. 아니면, 당신이 가르칠 능력도 없는데 책만 읽는 아들이 이도 저도 아닌 삶을 살 게 될 것이 두려웠던 것일까. 혹시, 그래서 일부러 더 화를 낸 것은 아닌지, 나이가 들수록 아버지의 마음을 점점 이해하게 된다.

대부분 아버지가 자식이 공부하겠다면 어떻게 해서라도 가르치겠다며 발버둥 치는 데 반해, 나의 아버지는 전혀 그런 모습을 보이지 않았다.

아버지는 돌아가시기 6년 전부터 폐결핵과 간경화를 심하게 앓았다. 그 때문에 자신이 그렇게 좋아하던 담배와 술마저 결국 끊어야 했다. 그 시절 우리는 방이라고 해야 두 평 남짓한 곳에서 일거수일투족을 함께했다. 각자가 누릴 자유라고는 어디에도 없었다. 책갈피 넘기는 소리마저 조심해야 할 정도였다.

초저녁에는 그런대로 괜찮았지만, 자정 넘어 새벽이 되면 비로소 그 소리가 시작되었다. 결핵에서 빠뜨릴 수 없는 것, 바로 기침이었다.

지금도 새벽이면 환청처럼 그 소리가 들리곤 한다. 마치 곧 숨이 넘어갈 듯 가쁘게 내뿜던 아버지의 기침 소리. 어느 순간 잦아지고 평화가 찾아오는 듯싶다가도 그것은 이내 다시 시작되곤 했다. 그런 밤이면 읽던 책을 덮어두고 소복소복 눈이 내리는 길을 한없이 걸었다.

어쩌다 인기척에 깜짝 놀라 짖는 개의 울음소리만 들리던 그 적막한 시골길. 아련한 기억 속의 그 소리가 가끔 꿈속으로 들어와 나를 깨운다.

"정일아, 얼른 일어나서 책 읽어야지."

아버지가 떠나시던 날의 기억

아버지와 나는 관광이라는 이름으로 함께 여행을 해본 적이 없다. 고향에 있는 마이산 역시 한 번 가본 적이 없고, 가까운 절은커녕 유원지 역시 가본 일이 없다. 그러다 보니 아버지와 긴 이야기를 나눈 기억이 거의 없다. 오이디푸스 콤플렉스가 있었던 것은 아니지만, 언제부터인가 아버지와 나 사이에는 뭐라 말할 수 없는 거리감이 존재했다.

아버지와 내가 화해라면 화해고, 하나의 운명이라면 운명으로 인정하게 된 것은 1981년이었다. 아무리 오랜 세월이 흘러도 그 순간만 떠올리면 지금도 가슴이 마구 두근거린다.

1981년 여름, 나는 안기부에 끌려간 적이 있다. 그 사실을 안 아버지는 그때부터 내가 하루만 집에 안 들어가도 잠을 이루지 못했다.

가을이 가고, 겨울에 접어들면서 몇 년째 이어지는 병마에 지친 아버지는 하루가 다르게 수척해갔다. 내가 하던 사업 역시 마찬가지였다. 곧 문을 닫을 상황으로 절망 속에서 허우적대고만 있을 뿐이었다. 저녁에 임실 집으로 돌아갔다가 아침 일찍 전주로 올라오는 날이 계속되었다.

한 해가 저물어가는 12월 28일, 아버지가 나를 조용히 불렀다.

"정일아, 소주 한 잔 묵고 싶구나."

예상치 못한 말이었다. 그런데 간경화에는 술이 좋지 않다는 걸 알면서도 왠지 거역할 수 없었다. 집에 들어오는 길에 소주 한 병을 사 와서 따라드리니, 한 잔도 드시지 못한 채 "못 먹겠다"면서 잔을 내려놓으셨다. 그리고 이틀 후 12월 30일 아침, 마당에서 신발을 신고 있는 내게 이렇게 말씀하셨다.

"정일아, 오늘은 빨리 돌아오너라."

나는 그 말을 애써 못 들은 척했다. 그러자 아버지가 힘없는 목소리로 다시 말했다.

"정일아, 오늘은 빨리 돌아오니라."

그 순간, 직감했다. 오늘 아버지에게 무슨 일이 있겠구나, 라고. 나는 건성으로 "예" 하고 대답한 후 집을 나섰다. 거리는 송년 준비로 떠들썩했지만, 내 마음은 심란하기 그지없었다.

그날 나는 온종일 죽음에 관한 음악만 들었다. 슈베르트의 현악 4중주 〈죽음과 소녀〉와 베토벤의 교향곡 3번 〈영웅 교향곡〉 중 2악장인 〈장송 행진곡〉, 슈베르트의 〈장송 소나타〉, 포레, 브람스, 모차르트의 〈진혼곡〉, 〈독일 진혼곡〉, 〈4번 교향곡〉 등이 그날 내가 들은 음악이다.

이상한 것은 그날따라 집에 가는 것이 어찌나 싫던지, 집에 갈 시간이 되어도 음악을 끄기가 싫었다. 그래서 동생에게 "오늘은 네가 대신 갔다 오라."고 했지만, 안 간다며 막무가내로 고집을 부려 할 수 없이 막차를 탔다. 임실 역전에 도착하자, 밤 10시가 넘어 있었다.

내일 아침 차비를 남기고 나자 아버지가 좋아하는 귤 세 개를 살 돈이 남았다. 귤 세 개를 산 나는 뛰다시피 해서 집에 도착했다. 어머니는 아버지가 나를 몹시 기다리다가 조금 전에 잠이 들었다고 했다. 그때 텔레비전에서는 송년 음악회가 방송되고 있었는데, 그걸 말없이 바라보고 있을 즈음, 아버지가 갑자기 눈을 떴다.

"인자 왔구나."

나는 아버지를 부축해서 앉게 한 뒤 귤을 하나 까서 드렸다. 그런데 하나쯤 드셨을까. 들릴까 말까 한 목소리로 이렇게 말씀하셨다.

"눕고 싶구나."

그 말이 아버지가 이 세상에서 마지막으로 남긴 말이었다. 그때 텔레비전에서는 베토벤의 〈합창 교향곡〉 마지막 악장인 '환희의 송가'가 울려 퍼졌다. 그 순간, 나는 깨달았다. 온갖 고난과 절망의 질곡 속에서 한 세상을 산 아버지가 고통의 세월을 거두고 환희의 세상으로 가고 있다고.

문득 유년 시절부터 청소년기를 지날 무렵까지, 아버지와 함께했던 모든 기억이 파노라마처럼 머리를 스치고 지나갔다. 그리고 가슴 깊숙한 곳에서 설명할 수 없는 슬픔이 파도가 덮치듯 복받쳐 올랐다. 순간, 나는 참고 참았던 울음을 터뜨리고 말았다.

"아부지!"

두 번이나 내 중학교 등록금을 날린 아버지. 그로 인해 어린 날의 꿈을 접고 험난한 세상의 파도에 맞서 싸우게 만들었던 아버지였다.

다음 날 새벽, 나는 친척들과 동생들에게 아버지의 별세를 알렸다. 그런데 하필이면 그 순간, 세상을 살면서 가장 난처한 경우가 닥쳤지 뭔가. 아버지의 장례를 치를 돈이 없었던 것이다.

아버지 장례를 치를 돈을 빌리러 가던 그 날, 그 길. 그날따라 웬 눈이 그리도 펑펑 쏟아지는지. 길도, 산도 모두 눈으로 덮이고 말았다. 그 뒤로도 그 길을 걸을 때면 마음속 가득 눈이 내려 마음이 어둑어둑해질 때가 더러 있다. 그날 아침 하얗게 퍼붓던 그 눈처럼.

나이가 들수록 아버지가 이해되는 이유
어린 시절, 명절이 다가오면 아이들은 으레 기쁨에 들뜨곤 했다. 명절이 되어야만 옷 한 벌이나마 얻어 입을 수 있고, 사과며, 배, 거기에다 일 년에 몇 번밖에 먹지 못하는 쌀밥과 닭고기까지 먹을 수 있었기 때문이다. 그래서 여느 아이 할 것 없이 모두가 한 달 전부터 손꼽아가며 명절을 기다리고 기다렸다.

명절날 아침, 마을은 온통 흥분의 도가니였다. 특히 그 시절에는 차례를 지낸 후 집집이 세배를 다녔다. 지금이야 세배를 하면 어른들이 세뱃돈을 두둑이 주지만, 그때만 해도 집집이 특색 있는 음식을 내놓는 것이 가장 큰 선물이었다. 또 세배를 마치고 마을 공터로 나가면 마을 어른들이 저마다 다른 악기를 가지고 풍물을 치는 것을 볼 수 있었다. 말 그대로 명절은 마을 잔칫날이었다.

명절이 되면 아버지한테서 들은 말이 생각난다. 임실에 살았을 때다. 내가 빈둥빈둥 놀면서 세월을 야금야금 갉아먹고 있을 때, 명절 즈음해서 아버지가 다음과 같은 혼잣말을 한 적이 있다.

"누구네 딸은 뭐를 사오고, 누구네 둘째 아들은 뭐를 사 왔다는디, 우리 집 애들은 통 나가지를 않아서, 뭐 하나 사 오는 놈이 없으니…"

그때는 그 말이 왜 그렇게 서운했는지 모른다. 지금 생각해보면 남의 집 애들 공부 잘한다는 소식을 듣고 우리 집 애들도 공부를 잘했으면 하는 마음으로 바라보는 것이나 다를 바 없는 것을.

청소년기에 내 영혼에 가장 큰 영향을 끼쳤던 책 중 한 권이 도스토옙스키의 《카라마조프가의 형제들》이다. 이 책에서 주인공의 아버지는 아들들을 제대로 양육하거나 교육하지도 않았을 뿐만 아니라 오히려 아내가 남긴 아들의 지참금까지 혼자서 다 사용하고 만다. 그 때문에 아들들은 저마다의 운명에 의지해 자라야 했다. 그리고 우여곡절 끝에 큰아들 드미트리가 아버지를 죽인 죄로 재판을 받게 된다. 이에 검사와 변호사가 불꽃 튀는 논변을 벌이는데, 변호사인 페츄코비치가 다음과 같은 이야기를 들려준다.

"최근 핀란드에서 일어난 사건 하나를 소개하겠습니다. 어느 하녀가 비밀리에 아이를 낳은 혐의를 받았습니다. 하녀 집을 수색한 결과, 다락에서 트렁크 하나가 발견되었습니다. 놀랍게도 그 속에는 하녀가 죽인 영아의 시체가 들어 있었습니다. 또한, 그 전에 그녀가 낳아 죽인 영아의 해골 역시 두 개나 발견되었습니다. 이건 그녀가 자백한 내용입니다. 배심원 여러분, 과연 그녀를 아이를 낳은 어머니라고 할 수 있을까요? 그렇습니다. 그녀가 아이를 낳은 건 사실이지만, 그녀를 어머니라고 할 수는 없습니다. … (중략) … 아이를 낳은 것만으로는 아버지라고 할 수 없습니다. 아이를 낳아서 아이에 대한 의무를 다한 사람만이 아버지이기 때문입니다. 물론 아버지라는 말에는 다른 뜻이나 해석도 있을 수 있습니다. 혹자는 나의 아버지는 냉혹한 사람이고 아이들에게 악인이긴 하지만, 나를 낳은 이상 아버지가 틀림없다고 할지도 모릅니다. 그러나 그것은 신비주의적 아버지관에 지나지 않을 뿐, 이성적으로 용납할 수 없습니다. 그것은 오직, 신앙에 의지해서만 용납될 수 있기 때문입니다."

부모는 부모의 역할을 제대로 해야 하고, 자식은 자식의 역할을 해야 한다. 그것이 세상의 이치고, 세상이 유지되는 힘이기 때문이다.

지금도 아버지에게 섭섭한 마음이 없는 것은 아니다. 다른 집에선 큰 아들은 어떤 일이 있어도 학교에 보내는데, 학교도 안 보내주고 술과 노름으로 세월을 보낸 아버지가 원망스럽기 때문이다. 그럴 때마다 나는 아버지를 좀 더 넓게 이해하고자 사르트르의《실존주의란 무엇인가》의 한 구절을 떠올리곤 한다.

어린아이가 어떤 어려운 일에 직면했을 때 아버지에게 이렇게 묻는다.

"아빠, 이 일을 어떻게 하죠?"

이 말에 아버지는 이렇게 답한다.

"그것은 네가 알아서 할 일이다."

그 말을 들은 아이는 처음에는 막막하기 그지없을 것이다. 그러나 아무도 도와주지 않으면, 그 스스로 주체가 되어 어려운 문제를 해결할 수밖에 없다.

사람은 누구나 혼자서 태어나고, 혼자서 살다가 죽는다. 그렇듯 실존이란 한마디로 자력갱생(自力更生)이라고 할 수 있다. 그런 점에서 나의 아버지는 일찍부터 나를 세상이라는 엄혹한 무대에 내던져 놓고 스스로 삶을 개척해나가기를 바란 것은 아닐까.

세월이 흘러 내가 아버지가 되고, 한 가정의 가장이 되고, 이 사회에서 이런저런 일을 벌이며 살다 보니 살아 있는 것, 무수히 많은 사람과 어울려 살아간다는 것, 그것이 시시때때로 얼마나 가슴을 무겁게 짓누르는지 모른다. 하물며, 내가 나 아닌 다른 누군가에게 무엇을 줄 수 있고, 무엇을 바랄 수 있을까. 생각해보면 어느 것 하나 명확한 것이 없다.

아버님 돌아가시기 하루 전날 아침이었다

어린 여동생이 학교에 가기 전 밥을 먹다 말고 말했다

"아버지 나 꿈꾸었는데, 이빨이 우수수 다 빠져버렸어"

"그래, 나 죽을랑 갑다."

"그때 어머니가 금세 말을 가로채곤 말했다.

"아니 그런 꿈은 아주 재수 좋은 꿈이라더라. 길에서 돈주을랑 갑다."

그날 밤 금난새가 지휘하는

베토벤의 합창 교향곡을 송년 음악으로 들으신 우리 아버지

다음날 이른 새벽,

펄펄 내리는 눈발 맞으며

먼 길 떠나셨다

＿〈불길한 꿈〉중에서, 1987년 2월 5일 作

식자우환의 교훈, 할아버지의 추억

아버지와 나의 배움의 기회를 빼앗은 당사자

할아버지는 군내(郡内)에서도 알아주는 지식인

이었다고 한다. 향교에도 출입하고, 글씨도 잘 썼으며, 전주를 비롯한 대

처에 종횡무진 돌아다니신 걸 보면 여간 바쁜 삶을 산 게 아닌 모양이다.

그러니 만나는 사람도 많을 수밖에 없었을 터. 여자 문제 역시 꽤 복잡했

던 모양이다.

그래서일까. 할머니는 배움을 온갖 악덕의 근원으로 여겼다. 그 첫 번

째 희생양이 바로 큰아들이었던 아버지였다. 아버지가 학교에 가면 할

머니는 기어이 학교까지 쫓아와서 데리고 왔다고 한다. 그리고 땔나무

부터 집안의 온갖 허드렛일을 시켰다. 아버지의 최종 학력이 초등학교

3학년인 것도 바로 그 때문이다.

아버지는 그때부터 일을 싫어했던 듯하다. 할아버지를 닮아서 이야기

잘하고, 목청도 좋았던 아버지는 풍류를 좋아했다. 또한, 자타가 공인하

는 미식가였다. 가을이면 형제나 부자 사이에도 알려주지 않는다는 송이 밭에 가서 송이를 따오거나, 새까만 능이와 싸리버섯, 씨알 굵은 더덕을 바구니 가득 캐오곤 했다.

압권은 물고기를 잡는 것이었다. 청산가리라고 알려진 '싸이나'를 강물에 풀면 어린아이 장딴지보다 굵은 민물장어가 고통에 못 이겨 바위 위로 올라왔다. 그러면 아버지는 기쁜 표정으로 능숙하게 장어를 잡아 양동이에 담았다. 그뿐인가. 가을이면 골짜기를 뒤져서 미꾸라지를 잡곤 했는데, 그 재간 역시 마을에서 제일이었다.

미꾸라지를 잡는 날이면 아버지는 추어탕을 직접 끓였다. 바가지로 받아낼 정도로 땀을 뻘뻘 흘리며, 고기를 삶아 풀어 제치고, 거기에다 붉은 고추를 확독(돌절구)에 갈아서 붓고, 시래기를 갈아 넣으면 아버지의 추어탕이 완성되었다.

그것은 맵고도 독특한 맛을 자랑했다. 어른들은 너나할 것 없이 막걸리 한 잔을 걸치며 아버지와 아버지가 끓인 추어탕에 관한 칭찬을 아끼지 않았다.

"역시 추어탕은 우리 큰아들이 끓인 것이 최고여!"
"그럼요, 성님 솜씨가 최고지라."

그래서인지 아버지가 미꾸라지를 잡아 오는 날이면 나 역시 덩달아 기분이 좋고, 뜨거운 추어탕을 호호 불어가며 한 그릇씩 맛있게 먹곤 했다.

벌써 사십여 년의 세월이 훌쩍 흘렀지만, 아직도 가끔 꿈속에서 그 시절로 돌아가 아버지를 만나곤 한다. 하지만 아버지의 전혀 다른 모습에 그만 화들짝 놀라서 꿈에서 깨어난다.

모시옷 한 벌과 바꾼 산삼 다섯 뿌리

할아버지가 공부를 많이 한 반면, 큰할아버지는 힘이 장사였다. 형제 간에 우애가 돈독했던 두 분은 각자 정해진 일을 매우 열심히 하셨던 모양이다.

어느 날 큰할아버지가 산에서 큰 산삼 다섯 뿌리를 캐오셨다고 한다. 두 분은 어떻게 해야 제값을 받고 팔 수 있을지 논의 끝에 할아버지가 대처로 나가서 팔아 오기로 했다. 그런데 그만 할아버지와 소식이 끊기고 말았단다. 그러다가 할아버지가 가족들 앞에 다시 나타난 것은 그로부터 몇 달이 지난 뒤였다. 중요한 것은 산삼을 팔고 받은 돈은 물론 그 그림자도 없었다는 것이다. 할아버지가 형수인 큰할머니에게 공손하게 건네준 것은 잘 지은 모시옷 한 벌뿐이었다. 속이 바다처럼 넓으면서도 시동생을 미더워하고 좋아했던 큰집 할머니는 아무 말 없이 시동생의 손을 꼭 잡아줬다고 한다.

그런 큰집 할머니는 2007년 백팔 세로 세상을 떠났다. 저승에서도 큰할머니는 살아생전처럼 시동생인 할아버지를 감싸주고 계실까. 아니면, 그때와 다르게 "아니, 산삼 다섯 뿌리가 고작 모시옷 한 벌 값밖에 안 된단 말이여?"라며 핀잔이라도 하셨을까.

동네 사람 모두가 기다리던 할아버지 제삿날

이월 초아흐레는 할아버지 제삿날이다. 마흔여덟에 세상을 떠나셨다는 우리 할아버지 제삿날이면 마을에서 아홉 집이 똑같이 제사를 지낸다. 그 당시 60여 가구가 살던 우리 마을에서 아홉 집이 제사를 지내는 날은 막바지 추운 긴긴밤을 보내야 하는 사람들에게 해마다 기다려지는 날 중 하나였다. 왜냐하면, 제사를 마치고 나면 잘 차려진 음식에 갖가지 나물을 넣고 비빈 비빔밥을 사랑방마다 보내주었기 때문이다.

모두 고만고만한 형편인지라 제사상 역시 조촐하기 그지없었지만, 그날이 유독 기다려지는 것은 제사상 한가운데 딱 버티고 있는 토종닭 때문이었다.

긴 제사 의식이 끝나고 과일이며 떡을 음복으로 나눠 먹으면 새벽 한 시가 훌쩍 넘었다. 하이라이트는 그날 아침이었다. 큰집 할머니가 오십여 개의 그릇에다 닭 한 마리를 잘게 찢어서 균등하게 배분한 후 큰 가마에다도 닭 한 마리와 무를 잔뜩 넣어 닭국을 끓였는데, 거기에 밥을 말아 먹으면 그 맛이 꿀맛이었다. 많이 들어 있지는 않았지만, 서운하지 않게 배분한 닭고기 몇 점을 먹으며, 언제쯤이면 닭고기를 실컷 먹을 수 있을까, 라고 생각하던 그때가 가끔 그립다.

그 이야기를 연세가 지인늘에게 들려줬더니, 그중 한 명이 이렇게 말한 적이 있다.

"선생님, 아무리 그래도 그렇지, 일가친척 중 닭 두어 마리 낼 사람도 없었단 말이에요?"

부끄러운 얘기지만 사실이었다. 그래서 나는 그에게 이렇게 말해주었다.

"논 열두 마지기만 있어도 부자 소리 듣던 곳이 우리 마을이었거든요."

제사 음식을 우리 동네에서는 '단자'라고 불렀다. 그런데 제삿날마다 한 가지 의문이 들곤 했다. 어째서 우리 마을에는 제사가 같은 날 몰려 있을까. 나중에 알고 보니 한국전쟁과 깊은 관계가 있었다.

할아버지가 돌아가시던 무렵은 한국전쟁이 막바지에 이르렀던 때였다. 그때 빨치산의 주둔지였던 고향 마을에서는 수많은 사람이 즉결처분되어 목숨을 잃었다고 한다. 할아버지 역시 그때 잠을 자다가 끌려가서 결국 돌아오지 못했다. 다행히 그때 살아남은 사람의 진술로 인해 할아버지는 국가보훈처로부터 훈장을 받았다. 그러나 20여 년이란 세월이 무심히 흐른 뒤였다.

할아버지의 제삿날이 이월 초아흐렛날인 것은 할아버지가 끌려간 날을 기준으로 삼았기 때문이다. 하지만 할아버지를 비롯한 사람들의 시신이 마을로 돌아온 것은 그 뒤로도 석 달이 흐른 뒤였다고 한다.

어쩌다가 한 번씩 사진으로만 본 할아버지의 모습이 가끔 생각나곤 한다. 중절모를 쓰신 채 빙긋이 웃고 있는, 지금의 나보다도 훨씬 더 젊은 모습의 할아버지.

이월이면 그런 할아버지가 몹시 그립다.

꿈속에서도

꿈을 꾸는 꿈을 꾸네

한숨의 세월을 눈물로 지새는 꿈을 꾸네

사라진 기억들, 가버린 기억들

다시 올리없는 데

행여 하는 마음안고 목 놓아 기다리는 꿈을 꾸네

허공을 나르다 추락하는

바다 물길 속에서 허우적대는

내가 네 이름 부르는 꿈을 꾸네

__〈꿈〉 중에서, 1985년 8월 1일 作

욕쟁이 할머니, 박심청

어린 시절 '나의 전부'였던 할머니

심청이' 하면 떠오르는 것은 아련한 슬픔이다. 태어나자마자 어머니를 여의고 앞을 보지 못하는 아버지 밑에서 가난하게 살다가, 아버지의 눈을 뜨게 해주겠다며 공양미 삼백 석에 팔려간 효녀 심청. 그 효녀 '심청이'가 바로 우리 할머니 이름이었다.

이름이 박심청이였던 우리 할머니는 인접한 마령면 계남리에서 시집 왔기 때문에 계남댁 또는 제남댁이란 택호(이름 대신에 집주인의 벼슬 이름이나 고향 지명 따위를 붙여서 그 사람의 집을 부르는 말)로 불렸다.

내가 할머니 이름의 유래를 안 것은 초등학교 3학년 무렵이었다. 학교에서 가져오라는 주민등록등본의 인적 란에 할머니의 이름이 박심청이라고 쓰여 있는 것을 본 것이다. 그것을 보고 할머니에게 이렇게 물었던 기억이 어렴풋이 난다.

"할머니, 이름이 왜 박심청이여?"

그러자 할머니는 그 이유를 이렇게 말하셨다.

"나가 태어난 지 사흘 만에 나를 낳은 엄니가 돌아가셨디야. 그래서 심청이 야그와 비슷허다고 혀서 심청이라고 지었디야."

그때 그 말을 하시던 할머니의 눈자위에는 눈물이 살짝 맺혀 있었다.

할머니의 아버지, 즉 외증조할아버지는 바로 재혼을 했다고 한다. 그 새로 온 어머니 밑에서 난 동생이 같은 마을에 살던 외갓집 할아버지였다. 그 할아버지는 서당 훈장을 지낸 아버지를 닮아서 마을에서도 가장 점잖았다. 그래서 마을에 무슨 일이 생기면 마을 사람들 누구나 찾아가서 할아버지와 상의를 했다. 배다른 누이였는데도 할머니에게는 언제나 깍듯했고, 인정도 무척 많았다.

유년의 기억 속에서 우리 할머니는 항상 부지런하고 정갈하셨다. 할머니는 새벽 동이 트기도 전에 아랫집에 가서 흐르는 물을 동이에 가득 담아 와서 흰 사발에 하나 가득 담아 장독대에 얹어 놓고 기도를 드렸다. 그리고 부엌에 들어가 마른 나뭇가지를 넣고 불을 지폈다. 간밤의 따스한 기운이 사라질 때쯤, 할머니가 다시 불을 지피면 따스해진 아랫목으로 자꾸 파고들던 기억이 마치 어제 일처럼 생생하다.

지금도 심청이라는 이름만 들으면 '아이고'라며 땅이 꺼지게 한숨을 내 쉬던 할머니의 모습이 자연스럽게 떠오른다. 조그만 체구였지만, 내게는 하늘보다도 높고 크게만 보였던 우리 할머니.

"할머니"하고 부르면 "어서 오니라!"라며 반갑게 맞아주시던 우리 할머니, 박심청! 오늘따라 그 할머니가 무척 보고 싶다.

무시무시하고 살벌했던 할머니의 욕

할머니는 유독 욕을 잘했다. 욕 좀 한다는 유명한 욕쟁이 할머니들을 많이 만나봤지만, 우리 할머니만큼 욕을 맛깔나게 하는 사람은 지금껏 만나지 못했다. 그 정도로 할머니는 욕을 잘했다. 그 이유가 일찍 어머니를 잃고, 서당 훈장인 아버지 밑에서 새어머니와 함께 산 기억 때문인지, 남편이 밖으로만 나돌다가 갑작스럽게 세상을 떠난 한이 많아서인지는 정확히 알 수 없다.

여하튼 할머니는 당신에게 조금만 서운하게 하면, 온갖 욕을 다 동원해서 퍼부어대야만 성이 차는 듯했다. 그 대상은 누구라도 좋았다.

가장 많은 욕을 얻어먹은 사람은 바로 우리 어머니였다. 그다음이 아버지였다. 나머지는 그때그때 상황에 따라 달랐다. 할머니가 그렇게 좋아하고 아끼던 작은아버지와 큰고모, 작은고모 역시 할머니의 욕을 피해가진 못했다. 입에 침이 마르게 칭찬하다가도 조금만 당신에게 서운하게 하면 당장 욕이 튀어나왔다.

할머니가 가장 많이 하는 욕은 '썩을 놈'과 '썩을 년'이었다. 그다음으로 많이 했던 욕은 '웬수 같은 연놈'이었다. 지금은 세월이 많이 흘러 대부분 잊고 말았지만, 그때 내가 들었던 할머니의 욕은 그야말로 무시무시하고 살벌하기 그지없었다. 과연 할머니는 그 욕이 담고 있는 뜻을 알기나 했을까.

할머니의 영향 때문인지, 아니면 천성이 그런 탓인지 나는 욕을 하지 않는다. 힘든 군대 시절에도 전혀 욕을 하지 않았다. 그러다 보니 정작 욕을 꼭 해야 할 때, 즉 상대방과 언쟁이 벌어졌을 때 그 사람의 욕을 듣고서 어떤 욕을 해야 좋을 것인가 생각하는 사이에 먼저 제압당하는 경우가 많다.

자그마한 용모에 머리가 하얗게 센 우리 할머니는 그래도 장손인 나한 테만은 다시없을 만큼 인자했다. 그 작은 몸으로 뭔가가 가득 담긴 광주 리를 이고 사립문을 열고 들어오시던 그 모습이 문득 그립다.

긴 겨울밤 잊을 수 없는 맛, 할머니의 시래기죽

산촌의 겨울 하루는 매우 짧다. 햇살은 금세 머물다 사라져버린다. 오 후 다섯 시면 벌써 주위가 어두컴컴해져 마을 집집이 희미한 등잔불이 켜지고, 식구들이 모여서 저녁밥을 먹었다. 고구마를 얹어서 지은 쌀밥 이나 무밥이면 그 이상 가는 성찬이 따로 없던 시절이었다. 하지만 그것 역시 언감생심, 대부분은 밥 대신 죽을 먹었다. 그것도 쌀을 찧고 난 뒤 남 은 싸라기죽이면 그나마 형편이 나은 편이었다. 아니 호사였다. 쌀을 찧 고 난 뒤 떨어진 쌀눈이 싸라기였는데, 그 죽 맛이 어찌나 고소한지, 간장 만 찍어 먹어도 무척 감칠맛이 났다. 그러나 그것 역시 어쩌다 한 번 나왔 고, 대부분은 배추나 무청시래기죽이었다.

그것을 먹어본 사람은 알 것이다. 쌀을 조금 넣고 배추나 무청시래기 를 몽땅 넣은 후 푹 고다시피 끓이면 멀건 국물에 씹을 것도 없이 저절로 넘어간다는 것을. 그러니 한 그릇만 먹어도 배가 터질 것처럼 부르다. 하 지만 두세 시간을 넘기지 못하고 다시 배가 고파지기 일쑤다. '동지섣달

긴긴밤'이라는 말처럼 겨울밤이 오죽이나 긴가. 아홉 시도 안 되어 다시 배가 고파왔고, 할 수 없이 윗목에 떠놓은 자리끼를 마셔보지만, 그걸로 허기를 면할 수는 없었다.

배가 고프면 잠도 잘 오지 않았다. 잠을 자도 문제였다. "배고픈 사람은 먹는 꿈만 꾼다."라는 속담처럼 잠깐잠깐 꾸는 꿈 역시 배부르게 밥 먹는 꿈뿐이니 얼마나 배가 고프겠는가. 개들도 배가 고픈지 짖는 것을 잊어버린 밤이 계속 이어졌다.

그런 밤이면 할머니는 옷감을 다듬잇돌 위에 놓고 다듬이질을 하곤 했다. 그 소리에 잠이 제대로 들 리 없었다. 가만히 누워 있으면 마당에서 무슨 소리가 들려온다. "누가 왔나?" 하고 내다보면 닭 냄새를 맡고 온 삵이 닭장 문을 닥닥 긁고 있다. 그러면 할머니는 "네 이놈" 하고 큰소리를 치면서 방문을 열었고, 그 소리에 깜짝 놀란 삵은 쏜살같이 산을 향해 다시 도망갔다.

할머니와 양귀비꽃

1960년대 시골 어느 집에서건 흔히 볼 수 있는 꽃이 있었다. 바로 '아편'이라고 부르는 양귀비꽃이다. 양귀비꽃이 그렇게 흔했던 것은 비상 상비약으로 그만한 게 없었기 때문이다. 아편쟁이라고 불리는 사람이 너무 많아서 탈이었지만, 배가 살살 아플 때 그것은 약방의 감초처럼 효자 노릇을 톡톡히 했다. 꽃도 예쁘게 생긴 것이 약효까지 뛰어나다 보니 집집이 몇 십 포기쯤 심는 것은 다반사였고, 그것을 수확한 뒤에는 두고 두고 약재로 썼다.

그런데 가끔 그 양귀비 때문에 동네가 벌컥 뒤집히곤 했다. 불법으로 재배하는 까닭에 관청에서 불시에 단속을 나왔기 때문이다. 이에 "아편 단속반 떴다."라는 소문이라도 들리면 집집이 만사 제쳐놓고 그것을 숨기기 위해 야단법석을 피웠다.

할머니 역시 그때마다 뒤꼍에 있는 장독대로 부리나케 달려가곤 했다. 그리고 그곳에 양귀비를 숨긴 뒤 마른 나물을 덮어놓곤 했다. 그때의 풍경이 가끔 내 의식의 깊은 곳을 휘젓고 지나가는 것은 할머니에 대한 그리움 때문일 것이다.

첫사랑 소녀처럼 반가운 맨드라미

답사를 다니기 전에는 달력을 통해 계절의 변화를 느꼈다. 그러나 오랫동안 답사를 다니다 보니 주위의 많은 것을 통해 계절의 변화를 깨닫게 된다. 매화꽃과 산수유 꽃이 흐드러지면 봄이고, 온 산천에 찔레꽃이 피어서 코끝을 간질이면 오월이다. 수박이며, 참외가 지천으로 널렸으면 여름이고, 대추나 밤, 그리고 감이 익어 가면 가을이다.

가을이 깊어 가면 눈이 더 바빠진다. 내가 그토록 기다리는 것을 찾기 때문이다. 그 대상은 바로 맨드라미꽃이었다. 닭 벼슬처럼 빨간 맨드라미꽃을 보면 눈이 저절로 커진다. 혹시 어릴 적에 할머니가 전으로 부쳐주던 그 재래종 맨드라미가 아닐까, 하고 말이다.

할머니는 봄이면 맨드라미 씨를 장독대 옆에 뿌렸다. 며칠이 지나면 작은 새순이 올라왔고, 하루가 다르게 자라서 장독대에 장식물처럼 서 있었다. 지금 생각해도 잎이 넓죽한 맨드라미는 꽃이 시골처녀와 같이 청순하게 피었었다. 특히 가을이면 그 잎이 푸른색과 빨간색이 가미된 설명조차 할 수 없는 아름다운 색깔로 물들었다.

해마다 추석 무렵이면 할머니는 그 잎을 따서 전을 부쳤다. 입에 넣으면 고소하면서도 맨드라미 특유의 냄새, 들깻잎과는 전혀 다른 그 냄새, 그런데 그때 보았던 그 맨드라미꽃들이 사라져 버렸는지, 어디서도 찾을 수 없고, 다만 추억 속에서만 남아 있을 뿐이다.

길을 걷다가도 화들짝 놀랄 때가 있다. 마치 첫사랑 소녀를 만난 것처럼 혹시 하고 자세히 보면 그때 내가 보고 먹었던 그 맨드라미가 아니다. 그 맨드라미는 과연 다 어디로 갔을까.

"아무리 보잘 것 없는 잡초나 꽃도 그리운 일기의 한 조각으로 남는다. 그것은 행복했던 순간의 기억을 추억하게 하는 하나의 의미이기 때문이다. 그래서 나는 여러 가지 추억거리를 무가치하다며 버릴 수 없다. 그것들은 나를 그 시절로 데려다 주기 때문이다. 옛일을 회상하면 슬퍼지기도 하지만, 추억이란 사람을 행복하게 만들어준다."

- 괴테, 〈시와 진실〉 제2부 제6권 중에서

누에치기와 번데기에 관한 명상
어린 시절의 초여름을 떠올리면 할머니와 함께 누에가 떠오른다. 뽕을 먹고 자라는 누에에 관한 추억이 많기 때문이다.

'양잠'이라고 부르는 누에치기는 일 년에 봄과 가을 두 차례 가능하다. 당시 시골에서는 누에치기만 한 소득이 없었기에 모두 사활을 걸다시피 했다.

누에는 누에나방과에 속하는 누에나방의 유충으로 성장 과정에서 변하는 모습에 따라 여러 이름으로 불렸다. 알에서 깨어난 새끼는 묘(妙)라고 했으며, 아직 검은 털을 벗지 못한 새끼는 의자(蟻子), 세 번째 잠자는 것을 삼유(三幼)라고 했다. 27일 된 것을 잠로(蠶老), 늙은 것을 홍잠(紅蠶), 번데기를 용(蛹), 성체를 아(蛾), 고치를 견(繭), 누에똥을 잠사(蠶砂)라고 하기도 했다.

이른 봄 집집이 기르는 뽕나무에 맞게 누에알을 신청했다. 깨알 같은 누에알을 채반에 놓고 며칠 지나면 하나둘씩 애벌레가 껍질을 벗고 그 모습을 드러냈다. 그 작디작은 누에들에게 뽕잎을 주기 위해 뽕잎을 써는 모습은 어린 나에게 진풍경이었다. 마치 담배를 썰 듯이 가늘게 써는 그 칼질이 어찌 그리 신기하게 보였던지.

그 뽕잎을 채반에 골고루 덮어주면 누에들이 뽕잎에 달라붙어 야금야금 갉아먹기 시작했고, 하루가 다르게 무럭무럭 자랐다. 작은 채반에서 큰 채반으로 옮기고, 두 개에서 세 개, 네 개, 마치 수학 공식처럼 기하급수로 누에 채반이 늘어났다. 그때쯤이면 그 좁은 방에 누에 채반을 층층이 차곡차곡 쌓기 위해 나무로 만든 층계 가설물이 설치되었다.

처음에는 집안일 틈틈이 누에에게 뽕을 주다가 누에가 성장하는 속도에 맞춰 뽕 따는 일과 누에 밥 주는 일로 스물네 시간을 다 써도 모자랐다. 그러다 보니 어른들부터 아이들까지 뽕밭에 나가 뽕을 따야 했고, 틈틈이 누에 밥을 주고 새로운 채반에 누에를 옮긴 뒤, 가지만 남은 뽕나무 줄기와 누에똥을 갈아주는 일에 매달렸다.

방에서 누에를 키우기 때문에 저녁은 누에와 함께 지내야 했다. 그때가 누에를 자세히 관찰할 좋은 기회였다. 돌이켜 보면 참 열심히도 누에를 관찰했다. 그래서인지 지금도 가끔 누에가 뽕잎 갉아 먹는 소리가 환청처럼 들려온다. 그 소리 역시 누에가 성장하는 속도에 따라 변했다. 그나마 작을 때는 사각사각 소리를 냈지만, 성체가 되면 완전히 소나기 내리는 소리와 비슷했다.

"정일아, 누에 밥 줘라잉."

할머니의 목소리가 끝나기 무섭게 가지 채 자른 뽕을 누에가 보이지 않게 누에 채반에 놓고, 몇십 개의 채반에 나눠 주다 보면 처음에 뽕을 준 채반은 벌써 뽕잎이 보이지 않고, 줄기만 앙상하게 드러나곤 했다. 그러다 보니 누에가 성체가 되면 뽕잎 갉아 먹는 소리에 잠을 못 이루는 것이 다반사였다.

"조 이삭보다도 굵직한 누에가 삽시간에 뽕잎을 먹습니다. 이 건강한 미각은 왕후와 같이 지존다우며 사치스럽습니다."

소설가 이상이 말했던 것처럼 순식간에 사라져 버리는 뽕잎. 그 뽕잎이 사라지면 고개를 쳐들고 더 달라며 보채는 듯한 누에는 말 그대로 게걸스러운 아이들과도 같았다. 이에 어느 누구도 사각사각 갉아 먹는 누에에 소리를 싫어하지 않았다. 아침에 일어났을 때 밤사이 몰라보게 부쩍 큰 누에를 보는 기쁨 때문이었다.

누에가 클수록 일이 많아지는 것은 당연했다. 하지만 그보다 중요한 것은 뽕이 모자라지 않을까 하는 걱정이었다.

할머니 역시 마찬가지였다. 할머니는 간혹 혼잣말처럼 이렇게 되뇌곤 했다.

"뽕이 없어서 다 키운 누에가 굶고 있는 모습은 아들딸이 굶주리는 것보다 열 배 스무 배 더 큰 것이니라."

그러다 보니 온 식구가 날만 밝으면 산 뽕을 따기 위해 산으로 출근하다시피 했고, 날이 저물어 돌아올 때쯤이면 너나 할 것 없이 뽕잎이 가득 든 짐을 지고 있었다. 지금도 보자기에서 풀려나온 뽕잎들이 멍석을 가득 채우고, 시들어가는 뽕잎에 물을 뿌리던 모습이 눈에 선하다.

온 식구들에게 그렇게 많은 노동을 요구했던 누에가 뽕잎 먹기를 멈추면서 그 몸빛이 누렇게 변하기 시작하면 할머니는 이렇게 말씀하곤 했다.

"아무래도 누에를 섶에 올려야겠다."

그때 등장하는 것이 청솔가지로 소나무와 댓잎을 누에 채반이 있던 틀에 촘촘히 쟁이고 그 위에다 다 자란 누에를 놓으면 누에가 저마다 고치 지을 곳을 찾기 위해 엉금엉금 돌아다녔다. 그리고 잠시 그것을 잊고 있다가 들여다보면 누에가 거푸집을 짓고, 그 속에서 실을 뽑아내는 모습이 보이고, 어느 사이에 그들의 몸이 눈에서 사라지고 고치만 남는다.

그리고 며칠 후 고치가 딱딱해지면 소나무 가지를 내려놓고 누에를 따기 시작한다. 빛깔이 하얗고 토실토실해야 좋은 고치다. 그중 어떤 것은 두 배나 더 컸는데, 쌍둥이 고치였다.

하나하나 따낸 고치가 수북이 쌓여가는 것을 보면 그 감회가 얼마나 새롭던지 모른다. 아마 누에의 생애를 하루도 빼놓지 않고 지켜 보았기 때문일 것이다.

노력의 결실은 수매를 통해서 거두었다. 하지만 수매를 앞둔 식구들의 마음은 무겁기 그지없었다. 등급 차이가 가격에 결정적인 영향을 끼쳤기 때문이다. 그럼에도 누에치기를 통해서 밀린 빚을 갚고, 자녀들 혼사도 치르고, 아이들 학교도 보낼 수 있었기에 집안의 가장 큰 농사라고 해도 과언이 아니었다.

한편, 나는 할머니가 물레를 저을 때면 그 옆에 앉아서 번데기가 나오기만을 기다렸다. 번데기를 맛보기 위해서였다. 지금은 식당이고, 편의점, 술집 할 것 없이 쎄고 쎈 것이 번데기지만, 그 무렵에는 물레를 넣어 실을 뽑을 때만 번데기를 구경할 수 있었다.

고치실이 풀리면서 한쪽이 서서히 뚫리기 시작하며 아슴푸레하게 번데기가 보이기 시작했다. 그때 그 순간의 경이와 기쁨을 무슨 말로 표현할 수 있으랴. 기다린 순서대로 하나씩 맛보던 그 뜨거운 번데기의 맛을 지금도 잊을 수 없다.

한없이 자애롭고 인자해서 큰 산과도 같았던 할머니

내 어린 날의 추억 속에는 유독 할머니와 관련된 것이 많다. 그중 한 가지가 가을이면 나를 데리고 산초를 따라가던 것이다. 요즘에는 절이나 산야초 전문 음식점에서도 어린 산초 열매를 따다가 산초 장조림을 하고, 어떤 지역에서는 산초 잎을 따다가 추어탕에도 넣지만, 그 당시만 해도 산초의 용도는 그것이 아니었다.

당시에는 깊은 산이 아니더라도 길가 어느 곳에서나 흔하게 산초나무를 볼 수 있었다. 하지만 산초를 딸 때마다 고민이 있었으니, 바로 가시 때문이었다. 아니나 다를까, 나는 번번이 그 가시에 손가락을 찔려 피를 흘렸다. 그때마다 할머니는 작은 손가락을 당신의 입에 넣어 빨아주고, 쑥을 저며 붙여주곤 했다.

"산초 딸 때는 조심혀야 헌다."

그때마다 나는 할머니에게 왜 산초를 따는지 물었다.

"할머니, 왜 산초를 따요?"

"산초 지름을 짤라고."

할머니는 눈이 시리도록 까만 산초 씨를 모아 늦가을이면 기름을 짰다. 말 그대로 산초 기름이다. 그런데 참기름이나 들기름과는 그 향기가 전혀 달랐다. 향기가 너무 강해서 도저히 먹을 수 없을 정도였다.

"이렇게나 맛있는디 안 묵을래?"며 다정한 웃음을 보이던 할머니. 지금도 산초 열매를 보면 할머니의 갸름한 얼굴과 산초 기름을 담은 오래된 병이 어지럽게 교차하여 떠오르곤 한다.

"행복이란 영혼의 향기며 노래하는 마음의 조화다. 그리고 영혼의 음악 중에서 가장 아름다운 것은 자애다."라고 로맹 롤랑은《여자 친구들》에서 말한 바 있다. 생각건대, 어린 시절 할머니와 함께 했던 순간이 내겐 그때였으리라. 한없이 자애롭고 인자해서 큰 산과도 같았던 할머니가 내 곁에 있었고, 온갖 자연이 나의 친구였기 때문이다. 그렇다면 그때 나 역시 한 그루 나무이자, 한 송이 꽃은 아니었을까.

할머니

여름 뙤약볕 아래 밭을 매고 있다

아버지

숨이 넘어갈 듯 바튼소리로 밤새워 기침을 한다

어머니

무겁게 모퉁이를 인 채 금당재를 내려오신다

동생

깊은 심호흡을 내쉬며 담배를 피우는

그 앞에 수북한 담배꽁초

나

꿈만 꾸다, 꿈속에 죽을지도 모르는 나

__〈기억〉, 1985년 10월 22일 作

가수 지망생이었던 막냇삼촌

온종일 이만 잡던(?) 멋쟁이

막냇삼촌은 가수 지망생이었다. 그래서 가끔 남일해, 오기택, 안다성 씨 같은 당시 유명 가수들에게 팬레터를 보내곤 했는데, 얼마 후면 자필로 쓴 답장이 오곤 했다. 그것을 받는 날이면 삼촌은 말 그대로 온종일 기쁨에 넘쳐 행복해 보였고, 꺼져가던 가수의 꿈을 다시금 이어가는 듯했다.

삼촌의 일상은 아침부터 저녁까지 일하면서도 어떻게 하면 가수가 될 수 있을까 하는 것뿐이었다. 그 때문에 한시도 입에서 노래가 떠나지 않았다. 통기타 실력도 수준급이었고, 하모니카도 잘 불었다. 그런 삼촌이 언제, 왜 가수의 꿈을 접었는지는 잘 모르겠다.

가수 지망생이었던 삼촌 덕분에 내가 알고 있는 노래는 어림잡아 1천여 곡이 넘는다. 그런데도 나는 노래, 특히 트로트라면 아주 질색한다. 한때 많은 사람이 남진, 나훈아, 하춘화 등에 열광했지만, 나는 단 한 번도 그들과 그들의 노래를 좋아한 적이 없다. 내 취향이 아니었기 때문이다. 나는 송창식이나 양희은, 이연실 같은 통기타 가수를 좋아했다.

지금도 가끔 도시 구석진 곳에서 노래를 부르는 가수 지망생들을 보면 막냇삼촌 생각이 문득 나곤 한다. 빙긋 웃으며 "정일아, 내 노래 어떠냐?"라고 묻던 삼촌. 그 삼촌이 치던 기타 소리가 아직도 귓가를 맴도는 듯하다.

삼촌의 우상은 〈빨간 구두 아가씨〉를 부른 가수 남일해였다. 또한, 〈영등포의 밤〉과 〈추풍령〉을 부른 오기택과 〈사랑이 메아리칠 때〉를 부른 안다성 역시 좋아했고, 최양숙이 부르던 샹송도 즐겨 들었다. 그 때문에 당시만 해도 흔치 않던 샹송과 팝송 레코드판을 제법 많이 갖고 있었다.

삼촌은 샤를 아즈나부르의 〈Isabelle〉을 특히 좋아했다. 아직 어렸던 내가 프랑스어로 부르는 그 노래 내용을 알면 얼마나 알았겠는가만, 대략 짐작건대 '이자벨'이라는 여자를 사랑했던 남자가 실연의 상처를 온몸으로 토해내는 노래였다. 그중 압권은 "이자벨, 이자벨, 이자벨"이라며 헤어진 연인의 이름을 쉼 없이 부르는 대목이었다. 어린 나도 그런 생각을 했을 정도인데, 궁벽한 산골에서 가수 꿈을 꾸면서도 쉽게 꿈을 펼칠 수 없었던 삼촌의 마음은 오죽했을까. 그래서인지 그 시절의 삼촌을 생각하면 가슴이 답답하기 그지없다. 그나마 삼촌이 그 시절을 버틸 수 있었던 건 역시나 할머니 때문이었을 것이다.

어느 날, 그날도 할머니와 나는 삼촌과 함께 그 노래를 듣고 있었다. 그런데 갑자기 할머니가 삼촌을 향해 심드렁하게 물었다.

"저 남자는 왜 이잡아, 이잡아 하면서 맨 날 이만 잡는다냐?"

순간, 삼촌도 웃고, 나도 웃었다. 그러나 할머니는 무심한 듯 떨어진 옷만 깁고 있을 뿐, 이를 잡는 사내의 목소리가 메아리가 되어 방안을 맴돌았다.

라면과 수제비 하나에 울고 웃었던 시절

라면을 처음 본 것은 삼촌이 군대 휴가를 나오면서 그것을 사 왔을 때였다. 뭔지도 모르고 겉 포장만 살짝 봤는데, 그것이 뭔지는 그날 저녁 잠을 자던 중 알게 되었다.

너무 일찍 저녁을 먹고 잤기 때문에 배가 고파 잠에서 깨어나 가만히 누워 있는데, 할머니의 낮게 가라앉은 목소리가 들려왔다.

"니가 끓여 오란 것 끓여 왔시야. 자 깰지 모릉게 조심혀서 묵어라이"

말소리가 조심스러운 것은 내가 깨어나는 것을 원치 않기 때문임을 눈치로 알아챈 나는 가만히 누워서 삼촌이 그것을 먹는 모습과 한 번도 맛본 적이 없는 그 맛을 상상할 뿐이었다. 배는 고픈데, 일어나서 나눠달라고 할 수도 없고, 가만히 누워서 꼼짝도 하지 못한 채 숨을 내뱉을 수밖에 없었다.

지금 생각해보면 할머니에게는 대를 이을 장손보다도 군대 가서 고생하는 막내아들이 더 측은했으리라. 그런데도 가슴 한쪽에 서운함이 남는 것은 어쩔 수 없었다.

라면에 대한 추억이 한 가지가 더 있다. 군대에서 첫 휴가를 나오니 초등학교에 다니던 여동생이 느닷없이 라면 끓여줄까? 라고 물었다.

방에서 책을 읽고 있던 나는 아무 생각 없이 "그려"라고 대답했다. 그런데 아무리 기다려도 감감무소식이었다. 할 수 없이 부엌에 나가 보니 여동생이 아궁이에 불을 때고 있었다. 나는 동생에게 "라면 잘 끓이고 있냐?"라고 물으며 솥뚜껑을 열어보았다. 그리고 깜짝 놀라고 말았다. 가마솥 가득 찬 물 위에 라면이 동동 떠 있었기 때문이다. 한 번도 라면을 끓여보지 않았던 여동생이 큰오빠에게 뭔가 해주고 싶은 마음이 그런 촌극을 빚은 것이었다. 그래서인지 지금도 가끔 라면을 먹다 보면 그 시절의 할머니와 여동생 얼굴이 겹쳐 떠오르곤 한다.

지금이야 수제비를 별미로 먹지만, 내가 어렸을 때만 해도 정말 지겨울 정도로 수제비를 먹었다. 쌀이 부족했기 때문이다. 그런데 문제는 당시 밀가루가 지금만큼 좋지 않았다는 것이다. 수제비를 먹다 보면 문득문득 돌이 씹히곤 했다. 정미할 때 돌이 제대로 걸러지지 않은 탓이었다. 그래도 그 시절에는 모든 것이 맛있었다. 그러다가 백설표 밀가루(미국에서 건너온 수입 밀가루)가 세상에 나오자 세상이 달라 보였다. 천지개벽과 다름없었기 때문이다. 순박한 시골 처녀들의 살결만 보다가 '메릴린 먼로'나 '엘리자베스 테일러'의 하얀 살결을 본 것 같다고나 할까. 부드럽고 하얀 그 밀가루로 국수를 뽑고 수제비를 해 먹으니 이 무슨 즐거운 변란이란 말인가. 정말 변란이 따로 없었다. 무엇보다도 그 밀가루는 부드럽게 잘 넘어갈 뿐만 아니라 소화도 잘되었다.

어머니가 행상을 나가면 우리는 수제비를 자주 떠서 먹었다. 그런데 나와 셋째 동생은 성격이 차분해서 수제비를 가늘게 빚어 천천히 떴지만, 바로 아래 동생은 성격이 급해서 가능한 한 빨리 해치우기 위해 크고 뭉툭하게 수제비를 떴다. 그러다 보니 큰 것은 수제비 하나가 주먹만 하기도 했다. 그런 수제비 속은 보지 않아도 뻔했다. 베어 물면 한입 가득 차고 속이 익지 않아서 하얀 속이 그대로 보였다. 하지만 누구를 탓해서 뭐하랴. 그저 서로 바라보며 씩 웃을 뿐이었다.

삼촌과 지게, 그리고 자력갱생

열여섯 살 되던 해 초봄이었다. 간밤에 삼촌이 어디선가 작은 지게를 하나 갖고 왔다. 내가 의아한 표정으로 묻자 삼촌은 이렇게 말했다.

"오늘부터 나랑 나무 허로 가자."

그렇지 않아도 몇 안 되는 친구들마저 서울 공장으로, 전주로 일하러 가서 매우 심심하던 차였다.

나는 달리 할 일이 있는 것도 아니었기에 지게를 지고 삼촌을 따라나섰다. 지게를 지고 나무를 하러 간 것은 아마 그때가 처음이었던 듯싶다.

불을 지피는데 좋은 나무는 대부분 깊은 산 속에 있었다. 그래서인지 제법 많이 걸어야 했다.

"자, 오늘은 여그서 허자. 나가 허는 것을 잘 봐둬라. 이 나무를 삭정이라고 허는디, 아직 썩지 않아서 겁나게 단단하지만 가벼워야. 이런 나무가 화력도 좋고 오랫동안 저장할 수 있어서 좋단다."

나는 삼촌이 시키는 대로 나무를 모아서 두 다발의 단을 묶었다. 그런데 그것을 지게에 올리고 출발할 찰나, 뭔가 이상했다. 지게와 나뭇단, 등이 저마다 따로 논다고나 할까.

우려는 결국 현실이 되고 말았다. 나뭇짐을 지게 작대기에 받치기도 전에 나뭇단이 고꾸라지고 말았다. 그와 동시에 얼굴에선 식은땀이 마구 솟아났다.

"처음에는 다 그런 것이여. 넘어지면 다시 세우고 또 넘어지면 다시 세우는 것이 세상살이랑 비슷혀. 그러니 포기허지 말고 열심히 혀봐."

삼촌은 그렇게 말할 뿐, 더는 나를 도와주지 않았다. 내가 허둥대며 지게와 싸우는 것을 지켜볼 뿐이었다. 날이 점점 어두워지는데도 삼촌은 끝까지 아무 말도 하지 않았다. 마을 입구에 이르러서야 "수고했다, 이제 시작이여."라고 했을 뿐.

세상과 나의 싸움은 그렇게 시작되었다. 말 그대로 자력갱생이었다. 그 후 나는 볏단과 콩, 깨, 그리고 솔잎가루 등 수많은 짐을 지게로 날랐다. 하지만 지게가 등에 착 달라붙어 떨어지지 않으며 아늑하게 느껴진 것은 수많은 시행착오를 겪은 뒤였다.

칼 같은 각을 세운 군복에 링 소리를 휘날리던 삼촌

어느 날, 아침이었다. 집안 분위기가 뭔가 수상했다. 그렇게 말 많던 할머니도, 고모도 아무 말이 없었다.

아침을 먹고 나서야 그 사연을 비로소 알게 되었다. 삼촌과 그 친구들이 부둣골 덕태산 밑 친척 할아버지가 주지로 있는 절에서 꿀을 통째로 들어다 먹었다는 것이었다. 그 때문에 삼촌은 방안에 그대로 틀어박혀 있었고, 삼촌 친구들 역시 집에서 한 발짝도 나오지 않았다. 그나마 다행스러운 것은 누구도 지서에 신고하지 않았다는 것이다. 그때까지만 해도 시골 인심이 요즘처럼 야박하지 않았기 때문이다. 그러나 곧 또 다른 문제가 발생했다. 삼촌이 꿀을 너무 많이 먹은 나머지 심각한 위장병에 걸린 것이다. 그때부터 삼촌은 수많은 약과 싸움을 벌여야 했다.

어느 정도 병이 낫자 삼촌은 군에 지원했다. 그것도 육군이 아닌 가장 훈련이 고되고 무섭다는 해병대에. 육군에 입대하는 것도 마치 죽으러 가는 것처럼 여기던 시절에 동네에서 처음으로 무지막지한 해병에 지원했다는 사실을 안 할머니를 비롯한 집안 어른들은 그야말로 대경실색했다. 막내인 데다 가장 연약한 아들이 군대, 그것도 해병대를 간다고 하니 얼마나 가슴이 무너지고 찢어지는 심정이었을지 짐작이 가고도 남는다.

결국, 할머니의 대성통곡을 들으며 삼촌은 진해에 있는 훈련소로 떠났다. 그리고 얼마 후 칼 같은 각을 세운 해병대 특유의 군복을 입고 링 소리를 휘날리며 휴가를 나왔다. 그것이 지금껏 내가 기억하는 가장 늠름하고 부러운 삼촌의 모습이었다.

지금도 삼촌을 생각하며 그때 그 모습이 떠오른다. 그러고 보니 삼촌이 저세상으로 떠난 지도 벌써 20여 년의 세월이 흘렀다.

세월도 참, 무심하게 잘도 간다.

삼촌 덕분에 대필 연애편지의 달인이 되다

삼촌이 군대에 간 지 한 달쯤 지났을까. 훈련소에서 삼촌으로부터 편지가 왔다. 그때부터 글을 읽지 못하는 할머니를 위해 '편지를 읽고 대필하는 손자 시대'가 열렸다.

삼촌이 훈련을 마치고 배치된 곳은 경기도 김포였다. 삼촌이 보낸 편지를 할머니에게 읽어드리면 할머니는 눈물을 비 오듯 흘리면서도 매우 행복해했다. 편지를 얼마나 자주 읽어달라고 했던지 편지가 다 닳아 없어질 정도였다. 그것으로 막내아들에 대한 깊은 사랑을 표현한 것이다.

답장을 쓸 때도 마찬가지였다.

"나 아프지 않다고 혀라. 글고 건강허라고 허고. 꼭 내가 겁나게 보고 싶어 헌다고 써야 헌다."

할머니의 편지를 대필하던 솜씨는 이후 펜팔로 이어졌고, 군대에 가서 제대로 실력을 발휘하게 되었다. 내가 편지를 잘 쓴다는 소문이 부대 안에 쫙 퍼진 것이다. 그러자 수많은 사람이 연애편지의 대필을 부탁해왔다. 그때부터 제대하기 전까지 얼마나 많은 연애편지를 대신해서 썼는지 모른다. 관측장교서부터 선임하사, 심지어는 편지를 잘 쓰지 못하는 후임 장병들까지.

그런데 다른 사람은 다 괜찮은데, 항상 직속 고참의 연애편지가 말썽이었다. 나와 상대방 여자의 생각 수준이 비슷하면 괜찮은데, 전라남도 무안이 고향이었던 선임의 상대는 구로공단에 근무하는 아가씨여서 편지의 핵심을 잡기가 매우 곤란했다. 그나마 편지를 보낸 뒤 바로 답장이 오면 괜찮았지만, 그렇지 않으면 여간 골치가 아픈 것이 아니었다.

"야, 네가 편지를 잘못 써서 답장이 안 오는 거 아냐?"

잘 써도 문제 못 써도 문제였던 연애편지. 지금 생각해보면 그것이 내 글쓰기의 시작이 아니었는지도 모르겠다. 그런데 그때 내가 얼굴도 모르고 보낸 무수한 편지 중 지금도 누군가의 가슴에 남아 있는 편지는 과연 얼마나 될까.

묵은 기억 속의 전도서를 꺼내어

밤이 늦도록 몇 번이고 읽으면

헛되고 헛된 세월 안으로

쓰라렸던 절망들이 줄지어 일어서고

피땀으로 점철되었던 나날의

추억을 간직한 바람들이

우수수 떨어지는 소리 들린다

__〈묵은 기억 속에서〉 중에서, 1987년 3월 作

기억 속 아련히 남은 사람들

태균이 아버지의 죽음

"지난겨울에 누구는 노름해서 얼마를 잃었고, 누구는 논 몇 마지기를 팔았다."라는 소문의 실체가 사실로 드러나는 것은 날이 풀리고 아지랑이가 가물가물하면서 농사일이 본격적으로 시작될 즈음이었다. 그러니 해마다 겨울 끝자락이나 봄 초입이면 이런저런 소문으로 인해 마을이 뒤숭숭했다.

아직도 기억에 남는 사건이 하나 있다. 학교를 갔다 와서 자치기를 하고 있는데, 마을 어른들이 뭔가 서두르면서 이야기를 나누는 소리가 들렸다.

"아 글씨, 태균이 아부지가 장에 갔다 오다가 싸이나(청산가리)를 묵고 병원에 실려 갔디야."

그리고 얼마 후 또 다른 이야기가 들려왔다.

"병원 가는 길에 죽고 말았디야."

태균이는 내 또래로 어릴 때 소아마비를 앓아 다리를 절었다. 또한, 입도 삐뚤어져 아이들로부터 많은 놀림을 받았다. 그러나 성격이 매우 밝아서 누구와도 친하게 지냈다.

곧 마을에서 태균이 아버지의 장례식이 치러졌다. 아직 어리지만, 큰아들이었던 태균이가 누런 삼베로 만든 상복을 어색하게 입고 "아버지! 아버지!" 하며 처량하게 울부짖던 모습이 지금도 눈에 선하다.

안타까운 것은 그것이 끝이 아니었다는 것이다. 장례 며칠 후 아들의 죽음을 허망해하던 태균이 할아버지가 약을 마시고 자살한 것이다. 엎친 데 덮친 격으로 줄초상이 난 태균이네를 마을 사람들은 너나 할 것 없이 동정했다. 하지만 모두가 가난했기에 마음뿐, 누구도 경제적인 도움을 줄 수는 없었다.

결국, 태균이네는 마을을 떠났다. 서울로 갔다는 소문도 들리고, 중국집을 차려서 제법 돈도 벌었다는 얘기도 들렸다.

그 후로도 겨울이면 어김없이 노름판이 벌어졌다. 그리고 봄이면 누군가는 비극적인 삶을 마감하는 것이 불문율처럼 이어졌다. 그런가 하면 그렇게 해서 논밭을 잃은 사람들은 살길이 막막한 나머지 이불 몇 채와 장독대를 트럭에 나눠 싣고 고향을 떠났다. 정말 하 수상한 세월이었다.

책 배달을 해주던 동생 친구, 규진이

어린 시절 이사를 했던 임실 동네에는 또래 아이들이 몇 있었다. 하지만 나와는 생각이 확연히 달랐기에 가까워지지 못하고 혼자 지내는 날이 많았다. 그런데 딱 한 사람, 유일하게 가깝게 지낸 이가 있었다. 바로 아래 동생의 중학교 친구인 이규진이었다.

규진이와 동생은 온종일 방에만 있는 나를 위해 수많은 책을 빌려서 날랐다. 그로 인해 나는 크게 힘들이지 않고도 많은 책을 읽을 수 있었다. 그때 내가 접한 책이 정음사에서 나온 8권짜리 도스토옙스키 전집이었다.

나는 그 책을 본 순간, 책과의 만남이 운명임을 깨달았고, 며칠 만에 그것을 다 읽어버렸다. 글씨가 깨알처럼 작고 어린 내가 읽기에는 매우 두꺼웠지만, 그런 것쯤은 전혀 개의치 않았다. 책을 읽을 수 있는 것이 그저 행복했다.

"나는 대부분 시간을 집에서 독서로 보냈다. 나는 내 안에서 끊임없이 끓어오르는 모든 것을 외부의 감각들로 잠재우기를 원했다. 외부의 감각 중에서 내게 유일하게 가능했던 것은 독서였다. 독서는 큰 도움을 주었다. 그것은 나를 흥분시켰고, 기쁘게 했을 뿐만 아니라 나를 괴롭혔다. 내게는 독서 이외의 피난처가 없었다."

《지하 생활자의 수기》에 나오는 이 말이 그즈음의 내 삶이었다. 책을 읽으면서 나는 《백치》의 주인공인 미슈킨 공작이 되고 싶기도 했고, 《카라마조프가의 형제들》의 셋째 아들인 알료사가 되고 싶기도 했다. 키릴로프(도스토옙스키 소설 《악령》의 등장인물)의 인신론에 빠지기도 했다. 그중 가장 닮고 싶은 인물은 《카라마조프가의 형제들》의 둘째 아들인 이반이었다.

"모든 것은 허용되어 있다."라고 했던 소설 속의 이반. 하지만 그 당시 세상은 내게 모든 것을 허용하지 않았다.

도스토옙스키가 창조한 인물 중 최고 압권은 표도르 파블로비치 카라마조프였다. 4형제의 아버지이기도 했던 그는 무책임의 전형을 보여준 사람이었다. 자식을 낳기는 했지만, 전혀 신경 쓰지 않았기 때문이다. 나는 그 책을 읽으면서 불경스럽게도 우리 아버지를 떠올렸다.

스승과 친구가 없던 내겐 오직 책이 스승이었고, 친구였다. 세계문학 전집과 노벨문학상 전집을 탐욕스러울 정도로 읽고 또 읽었다. 또한, 책을 통해 또 다른 책을 소개받았다. 알베르 카뮈를 통해 프란츠 카프카를 알았고, 사르트르와 앙드레 지드, 괴테와 토마스 만, 허만 멜빌 등을 알게 된 것이다. 그들은 나의 스승이었다.

한국문학 역시 두루 읽었다. 장용학과 손창섭, 김동인과 이상을 비롯한 대부분 작가의 장편과 중편, 단편을 다 읽었으며, 손에 잡히는 책은 그 종류를 가리지 않았다. "나 이외는 모두가 다 나의 스승"이라는《법구경》의 말을 실감했던 때가 바로 그때였다. 어쩌면 나는 그때 겁도 없이 낯섦을 통해 또 다른 낯섦 속으로 계속 여행을 하고 있었는지도 모른다.

그때 우리 집은 단칸방으로 부모님과 나, 그리고 세 명의 동생이 자기에도 무척 좁았다. 그런데도 동생 친구 규진이는 우리 집에 오면 돌아갈 생각을 하지 않았다. 자기 집이 훨씬 더 크고 넓은 데도 말이다. 그 때문에 그런 날이면 여지없이 칼잠을 자야만 했다.

그런 밤에도 나는 모두가 잠들기를 기다려 흐릿한 호롱불을 켜고 책을 읽었다. 그러다 보면 문득 들리는 '찌직' 머리카락 타는 소리. 뒤이어 머리카락이 타는 야릇한 냄새가 방 안 가득 퍼지고, 행여 누군가가 깰까 싶어 주위를 조심스레 살폈다. 그러나 칠흑 같은 어둠 속을 지나가는 바람만이 문풍지를 잠시 흔들며 지나갈 뿐이었다.

내가 군대에서 제대한 두어 해 후 규진이는 여수에 있는 한 공장에 취직했고, 곧이어 결혼했다. 결혼식장에서 만난 규진이는 내게 이런 말을 건넸다.

"형, 고마워요."

순간, 지나가는 세월이 그렇게 무심한 것만은 아니고 이런저런 이야기를 쌓아두기도 하는구나, 라는 생각에 갑자기 가슴이 뭉클해왔다.

그 뒤로 규진이와는 소식이 끊기고 말았다. 과연, 그는 지금쯤 어디서, 어떤 모습의 가장으로 살아가고 있을까.

한없이 가슴 아프게 했던 첫사랑의 추억

여자를 보고 처음 예쁘다는 생각을 했던 그녀, 그렇지 않아도 어지럽고 복잡한 내 머릿속에서 잠시도 떠나지 않던 그녀, 한때나마 나를 설레고 기쁨에 들뜨게 했던 그녀….

내 나이 열여덟에 그녀를 처음 보았다. 그녀를 만난 것은 우연이었다. 그녀를 비롯한 다섯 명이 마이산을 갔던 것도.

하룻밤을 민박집에서 보낸 뒤 아침에 깨어보니 다른 사람들은 보이지 않고 그녀와 나 둘만 한 이불 속에 있었다. 어찌 된 영문인지 몰라 당황해

하고 있는데, 이불 속에서 그녀가 내게 이렇게 말했다.

"내가 나중에 돈 벌게. 우리 둘이서 다섯 칸 겹집 짓고 살자."

나는 그 말을 듣고, 그녀가 나를 사랑하고 있다고 착각했다. 그러나 그 뿐이었다. 더는 그녀를 볼 수 없었기 때문이다. 하지만 그날 이후 그녀의 이름은 군대 입대하기 전까지 계속 입안에서 맴돌았다. 아릿하게, 아릿하게 내 가슴 깊숙한 곳에 그녀는 여전히 살아남아 있었다. 어쩌다 들리는 말에는 고등학교를 졸업하고 좋은 곳에 취직해서 잘살고 있다고 했다. 그 이상도 그 이하도 아니었다.

그녀를 다시 만난 것은 군대에서 처음으로 휴가를 나왔다가 귀대하던 날이었다.

임실역에서 기차를 기다리고 있을 때였다. 한 여자가 남편인 듯한 사람과 함께 한 아이의 손을 양쪽에서 잡고 있는 모습이 눈에 띄었다. 그러다가 그 여자와 눈길이 마주쳤다. 그녀였다. 한때 나를 설레고 기쁨에 들뜨게 했던 그녀. 하지만 그것은 나만의 착각이었을까. 상상 속의 연인이었던 그녀는 당황한 듯 고개를 황급히 돌리고 말았다.

나의 부질없는 첫사랑이자 헛된 사랑은 그렇게 끝났다. 그리고 오랜 나날 내 기억 속에서 망울처럼 남아 있던 그녀의 이름 역시 서서히 잊혀 갔다. 그것이 이제껏 가슴 아프고 아린 첫사랑인 줄 알았다.

유별나게 눈이 크고 예뻤던 그녀. 지금쯤 그녀는 어떻게 늙어가고 있을까. 그녀도 나처럼 누군가를 가끔 그리워하면서 살고 있을까.

언제나 그리운 이름, 내 친구 윤남식

그를 처음 본 것은 초등학교 4학년 때쯤이었다. 백운면에 유일하게 있던 기와공장에 그의 아버지가 기술자로 오면서 그의 가족 역시 장흥에서 함께 이사를 왔다.

그의 이름은 윤남식이었다. 남식이네 형제도 우리 집과 똑같았다. 남자 셋에 여자 하나. 또한, 둘 다 큰아들인 것도 똑같았다.

남식이는 공부를 잘했다. 항상 전교 일등이었다. 생김새만 봐도 깡마른 체구에 날카로운 눈빛이 공부를 잘하게 보였다. 그의 동생들도 공부를 잘했다. 기와공장 기술자의 월급이 얼마나 되는지는 알 수 없었지만, 남식이 집도 우리 집과 다름없이 가난한 것은 매일반이었다.

남식이 집과 우리 집은 무척 가까웠다. 그래서 학교에서 공부할 때만 빼고는 온종일 붙어 있는 경우가 많았다. 특히 기와공장은 생각보다 볼 만한 것이 많았다. 기와를 만들기 위해 수북하게 쌓아놓은 진흙더미와 불을 지피는데 쓰는 무수한 화목, 금방 기와 토굴에서 내놓은 새카만 기왓장, 그리고 기와를 찍어내는 남식이 아버지의 재빠른 손놀림. 그런 것들이 나를 기와공장으로 자주 가게 했다. 그중 단연 압권은 기와를 다 만든 후 토굴에 차곡차곡 쌓은 뒤 불을 지필 때였다. 그럴 때면 남식이가 살짝 귀띔을 해줬다.

"이따가 저녁에 불 땐다니게 꼭 오니라."

얼마나 기다리고 기다린 날인가. 저녁을 먹고 살며시 집에서 빠져나와 기와공장으로 가면 남식이 아버지가 불을 지필 준비를 끝내고 담배를 피우다가 "불 때는 것 보러왔구나."라며 나를 반겨주곤 했다.

활활 타오르는 불길 때문에 뜨거워서 조금씩, 조금씩 뒤로 물러서며 바라보던 불길은 마치 세상을 다 태울 듯했다. 그렇게 하루 내내 불을 지펴야만 단단하고 말쑥한 기와가 만들어졌다. 나는 지금도 기와가 만들어지는 경이로운 순간을 보면 그때 기억을 떠올리곤 한다.

기와공장은 우리의 놀이터이기도 했다. 기와를 꺼낸 뒤 하루쯤 지나 그 안에 들어가면 얼마나 따뜻했는지 모른다. 이글이글 타오르는 불에다 감자나 고구마를 구워 먹는 맛도 일품이었다. 불이 다 식은 뒤 가마 속에 들어앉아 화투를 치는 재미 역시 기가 막혔다. 대낮인데도 무척 어두웠기 때문에 남식이네서 호롱불을 가져와서 성냥골(성냥개비) 따 먹기 화투를 치고는 했다.

내 친구 윤남식. 그 역시 나처럼 중학교에 진학하지 못했고, 얼마 후 어머니를 잃는 아픔을 겪어야 했다. 그리고 우리 집이 임실로 이사 가던 즈음, 그의 아버지는 그와 어린 동생들을 데리고 다시 고향으로 돌아갔다.

그런 남식이를 다시 만난 것은 제대 후 제주도에 들어가기 전이었다. 그는 고향에서 반 어부 반농부로 살고 있었다. 오랜만에 만난 우리는 장흥 앞바다에서 해삼과 멍게 따위를 잡으며 유년 시절의 추억을 함께 나누었다. 그리고 다시 기약 없는 이별을 했다.

몇 년 전, 우리 땅 걷기 회원들과 함께 장흥으로 〈이청준 문학과 함께하는 장흥 지역 답사〉를 떠난 일이 있다. 남식이를 다시 볼 수 있다는 생각에 마음이 무척 설레었다. 그러나 안타깝게도 그는 수십 년 전 내가 만났을 때와 다를 바 없었다.

나이 차이가 크게 나는 아내와 아들딸 둘을 낳아 딸은 곧 시집보낼 것이라고 했고, 아들은 내가 사는 전주의 전북대학교에 다닌다고 했다.

그날 밤, 회진 바닷가 방파제에서 술 한 잔을 같이 마시고 난 뒤 그는 철지난 1960~70년대 유행가를 불렀다. 슬플 것도 없고 기쁠 것도 없는 그의 노래를 들으며, 나는 세월은 여러 갈래 길을 준비해놓고 천태만상의 사람을 기다리고 있음을 다시 한번 느꼈다.

누구를 만나느냐가 어디에 사느냐보다 더 중요하고, 꿈을 놓아버리고 사느냐, 아니면 꿈을 간직하고 사느냐에 따라 인간은 무한히 달라질 수 있다. 그 사실을 회진의 한 포구에서 옛 친구를 만난 뒤 불현듯 깨달았다.

> "나는 내 키를 열심히 재고 있네. 사람의 키란 늘 같은 것이 아니라서 말일세. 인간의 영혼이란 기후, 침묵, 고독 그리고 함께 있는 사람에 따라 눈부시게 달라질 수 있는 것이라네."
>
> ―니코스 카잔차키스, 《그리스인 조르바》 중에서

그들은 이제

먼 곳에서부터 하나씩 둘씩 마음에 등불을 켜고

힘겹게 노래 부르며 걸어올 것이다

날이 저물어 하나둘씩 켜지는 가로등, 이슬비처럼 내리는 겨울비

그 길을 안쓰러운 마음의 나래를 접고 걸어가는

나그네의 축 처진 어깻죽지에 내려앉는 이슬방울,

그 사이사이로 무너진 돌담 틈새에 새색시처럼

피어나던 푸른 새싹의 기억만큼이나

파리한 상처들이 끝내 지워지지 않을 손금 하나 그을 것이다

밤마다 스러지며 돌아눕는 꿈은 새롭고

이제 마음 비우고 걸어가는 사잇길에

흰 눈이 밤을 새워 내려 쌓여도

눈 위엔 발자국 하나 남지 않을 것이다

__ 〈그들은 이제〉, 1986년 12월 30일 作

잊고 싶은 지난날,
이제
기꺼이 사랑하련다

나의 어린 시절, 최초의 기억인 세 살에서 열아홉까지. 그리 길지 않은 인생의 노정에서 일어났던 일과 그때 만났던 사람들에 관한 이야기는 이 책을 통해 이렇게 하나의 매듭을 지었다.

그로부터 몇 년 후, 나는 1975년 5월 6일 육군에 입대했다. 그리고 거기서 또 한 명의 사람과 운명적인 만남을 갖는다. 서울대학교에 다니다가 강제 징집되어 온 최대길이라는 친구를 만난 것이다. 그와 같이 보낸 42일의 훈련소 생활이 내 운명을 송두리째 바꿨다고 해도 과언이 아니다. 강원도 철원에서 33개월 15일 동안의 군 생활을 하면서 그와 주고받은 편지 역시 큰 행운이었다.

군대. 모든 것이 구속되고 불편했지만, 내게는 학교와도 같은 곳이었다. 세상일도, 사람도 잘 모르고 살았던 내게 전국 각지에서 모인 다양한 인간군상을 접할 수 있는 좋은 기회였기 때문이다. 만일 그때 군대에 가지 않았더라면 과연 나는 어떻게 되었을까. 학교도 다니지 못했고, 배운 기술도 없으니, 시쳇말로 바보처럼 살았을지도 모른다.

여하튼 그때까지 살아온 내 인생에서 유일하게 통제를 받은 전무후무한 곳이 바로 군대였다. 낯선 고장과 환경에서 낯모르는 사람들과 그렇게 오랜 세월을 살아본 것도 처음이었다. 더욱이 1975년 6월 이등병 월급 690원에서 제대할 무렵 받았던 병장 월급 2,400원은 내가 지금껏 살아오면서 유일하게 받아본 월급이었다.

월급에서 남은 돈을 갖고 동송읍에 있던 작은 서점에 들러 몇 권씩 샀던 200원짜리 삼중당 문고와 지금은 잘 기억도 나지 않는 책을 보면서 나는 한 가지 다짐을 하곤 했다. '언젠가는 이 많은 책 속에 내가 쓴 책도 함께 꽂히게 하겠다.'고.

1978년 2월 군에서 제대한 나는 얼마 후 겨우 차비만 갖고 이청준의 소설에 나오는 '이어도' 같은 곳을 찾기 위해 제주도에 가는 배에 올랐다. 그리고 한동안 제주 여기저기를 살피며, 과연 이어도 같은 곳이 있는지 직접 찾아 나섰다. 하지만 거기까지였다. 갖고 있던 돈이 다 떨어졌기 때문이다.

이리저리 배회하다가 찾아간 곳이 신제주 제원 아파트 공사장이었다. 그때부터 나는 2년 반 동안 평생 할 노동을 다 했다.

나는 주로 모래와 벽돌을 등짐으로 져 올리는 곰방(고운반) 노릇을 했는데, 마치 그리스 신화에 나오는 시시포스(고대 그리스 신화 속의 인물로 영원한 죄수의 화신. 죄를 지어 신에게 벌을 받고, 저승에서 평생 큰 돌을 가파른 언덕 위로 굴려야 했다)와도 같았다. 많을 때는 벽돌 지게에 60여 장의 벽돌, 혹은 모래를 한 통씩 가득 짊어지고 날마다 계단을 오르내렸다. 아침 7시부터 저녁 어둠이 내릴 때까지 벽돌 한 장에 얼마, 모래 한 차에 얼마의 금액을 정해놓고 져 올린만큼 임금을 받았다. 그때 메리야스(란닝)만 입고 일을 했는데, 군대식으로 50분 일하고 10분을 쉬다 보면 땀이 비 오듯 했다. 메리야스를 벗어서 짜면 땀이 비처럼 흘러내릴 정도였다.

신기한 것은 작업을 끝내고 집에 돌아와 잠이 들면 꿈속에서도 벽돌을 져 올리는 꿈만 꾸었다는 것이다. (마찬가지로 지금은 매일 길을 걷는 꿈과 누군가에게 길을 묻는 꿈만 꾼다) 그때 져 올린 벽돌을 개수로 치면 아마 수천만 장은 될 것이고, 모래 역시 수천 차는 될 것이다.

지금도 가끔 생각나는 일이 있다. 일이 없던 어느 날, 동료들이 성산포에 가서 놀다 오자고 해서 따라나선 적이 있다. 그날 우리는 통닭을 사서 성산포에 올라가려고 했다. 그런데 다리가 아파 도저히 올라갈 수 없었다. 할 수 없이 그 입구 어딘가에 앉아서 성산포를 바라보며 통닭을 먹을 수밖에 없었다. 그 통닭, 그때 눈물을 글썽이며 바라보던 성산포가 아직도 눈에 선하다.

제주도 생활에서도 가끔 꿈처럼 아련하게 생각나는 것이 있다. 그중 하나가 일요일이면 버스를 타고 가서 여기저기를 한없이 걷다가 어둠이 내리면 돌아오는 것이었다. 5 · 16도로 교래리에서 산굼부리로 가는 1112도로를 따라가며 보았던 가을 억새며 산굼부리 분화구는 얼마나 신비롭고 아름다웠는지. 또한, 매달 그믐이면 모든 일을 제쳐놓고 조천 바닷가로 달려가곤 했다. 바닷물이 가장 많이 빠질 때라 바위 위에 전복이며 소라, 그리고 지금은 제주 올레길에서 '보말 수제비'로 인기가 높은 보말이 지천이었다. 그걸 양동이에 가득 잡아서 며칠 동안 부식으로 먹곤 했다.

그뿐인가. 태풍이 불 때마다 나는 서부두로 달려가곤 했다. 마치 작은 산이 솟구치듯 방파제를 때리고 섬을 삼켜버릴 듯 넘어오던 파도의 위용을 바라보며 생동하는 삶의 의미를 깨닫기 위해서였다. 그와 함께 세상이라는 이 망망대해에서 표류하는 내 삶이 따사로운 항구에 도착할 수 있게 되기를 간절히 염원했다.

하지만 매일 그 힘겨운 노동 끝에 오는 것은 견디기 힘든 허망함이었다. 이렇게 사는 것이 도대체 무슨 의미가 있을까? 나는 도대체 누구인가? 라는 그 자괴감이 무시로 나를 괴롭혔다. 그때의 상황을 나는 일기에 이렇게 썼다.

푸르디푸른 젊은 시절, 제주 북쪽 해안가에 있는 사라봉에서 시퍼렇게 입을 벌린 듯 일렁이는 바다를 보았지. 오랜 세월을 두고 수많은 사람이 떨어지는 꽃잎처럼 몸을 날렸다는 자살바위 아래 파도는 그침 없이 반복적으로 철썩거리고 있었지. 그곳에선 단 한 번 몸을 던지면 자유가 되는 경이를 느낄 수도 있었지. 하지만, 하지만, 망설이다가 끝내 돌아섰던 그 사라봉.

용기도 없었지만, 죽어야 할 운명도 아니었는지, 나는 자살을 결행하지 못한 채 항상 숙소로 되돌아가곤 했다. 그러면서도 사르트르의《자유의 길》의 주인공이 기회를 기다리듯 그 기회를 하염없이 기다렸다.

지금 생각하면 가슴 아픈 추억이지만, 내 인생의 가장 찬란했던 젊음을 송두리째 불태웠던 시절이 제주에서 보낸 2년 6개월이었다.

제주의 추억을 가슴에 가득 품고 뭍으로 나와 전주에 정착한 것은 광주민주화운동의 슬픔이 채 가시지 않은 1980년 10월이었다. 그 후 드라마 같은 일이 꼬리에 꼬리를 물고 일어났다. 적성에 맞지 않는 사업을 한다고 벌였다가 몇 번의 파산을 겪는 과정에서 안기부에 끌려가는 등 수많은 곡절을 겪은 것이다. 그러던 어느 날, '나는 누구인가?'라는 생각이 문득 들었다.

"자신의 내면을 파고 들어가라. 그곳에 선이 솟는 샘이 있으리라. 그곳은 파면 팔수록 더 많은 샘물이 항상 솟아날 것이다."라는 말을 지고지순으로 여기며 살아왔던 터였다. 그런데도 자아는 보이지 않았고, 평생의 화두였던 책 역시 써지지 않았다. 그러다 보니 갈수록 가슴이 새까맣게 멍들어 갔다. 그 순간, 갑자기 시(詩)가 찾아왔다. (물론 그게 시인지 아닌지는 잘 모르겠지만) 약 400여 편의 시를 쓰고 난 뒤 거짓말처럼 다시 그것이 사라졌다.

그 후 다시 글이 쓰이지 않은 날이 몇 년쯤 이어졌다. 그러다가 1994년 모 잡지에 동학을 주제로 연재를 시작하면서부터 본격적으로 글을 쓰기 시작하였다. 그러는 동안 아내를 만났고, 아들 둘과 딸을 얻었고, 김지하 선생님과 내게 글을 쓰게 만든 동기를 부여한《사람과 산》편집장 박기

성 씨와 운명적으로 조우하기도 했다.

헤르만 헤세의 《싯다르타》에서 싯다르타는 깨달음을 얻은 후 다음과 같이 얘기한다.

"내가 강가에서 배운 것은 참는 것과 기다리는 것, 그리고 듣는 것이었다."

내 삶에서 가장 중요한 것은 역시 책과의 만남이다. 나는 아무도 주목하지 않는 외로움 속에서 마치 전사처럼 전투적으로 수많은 책을 읽었다. 그렇게 밥보다, 어쩌면 연애보다도 더 좋아했던 책을 지금껏 무엇보다 소중하게 여기며 읽고, 책을 통해서 얻은 지식으로 글을 써서 먹고 살고 있으니, 얼마나 다행스러운 일인가.

나는 길 위에서 세상의 모든 것을 보고 배웠다. 산천을 유람하면서 좋은 공부를 하고 있는 것 또한 다행스럽고 행복하기 그지없다. 거기에다 "경험만큼 좋은 스승은 없다."라는 옛사람들의 말에 합당하게 이 나라 산천을 한없이 떠돌 수 있으니, 이 또한 얼마나 대단한 행운인가.

나는 작가이기 이전에 문화운동가로 살았고, 어디에도 소속되지 않았기에 그만큼 자유로웠다. 그 때문에 때로는 '인디라이터'나 '독립저술가'라는 말을 듣기도 했다. 하지만 정말 외롭기 짝이 없는 인생이었다. 어떤 일을 당해도 어디 한 곳 하소연할 곳이 없었기 때문이다. 그래서 무작정 걸었다. 막막한 고독과 쓸쓸함을 참으며.

"좋아하는 일을 직업으로 삼아라. 그러면 평생 억지로 일할 필요가 없다."라는 말은 내게 너무도 맞는 말이었다. 그런 점에서 비록 우여곡절이 많기는 했지만, 내가 좋아하고 원하는 일을 하는 지금 내 삶은 얼마나 행복한가.

그런 여러 가지 행운이 내게 다가왔기에 나는 지치지 않고 30여 년 동안 이 산천을 떠돌 수 있었고, 이 나라를 살았던 그 누구도 걸은 적이 없는 전인미답의 8대 강(한강 · 낙동강 · 금강 · 섬진강 · 영산강 · 만경강 · 동진강 · 한탄강)을 발원지에서부터 하구까지 걸을 수 있었다. 그리고 조선 시대 우리나라의 큰길(영남대로 · 삼남대로 · 관동대로)과 부산에서 통일전망대까지 600여 km인 동해 바닷길을 걸은 후 미진하지만 몇 권의 책을 쓸 수 있었다.

2008년 문화체육관광부에 그 길을 우리나라에서 제일 긴 도보답사 코스를 만들자고 제안하여 '해파랑길'이 탄생하였다. '소백산 자락 길', '변산 마실 길', '전주 천년 고도 옛길 12코스', 그리고 국내외 다양한 길을 만든 공로를 인정받아 2010년에는 대통령 표창을 받기도 했다.

내게 주어진 이 지상에서의 시간이 얼마나 될지는 모른다. 다만, 확실한 것은 길이 끝나는 곳이 또 다른 길의 시작이라는 것이다. 앞으로 나의 앞길이 어떻게 전개될지, 어떤 사람들과 또 만나게 될지는 누구도 알 수 없다.

"어디를 가든지 기꺼이 가라."는 공자의 말처럼 길은 새롭게 펼쳐질 것이다. 남은 시간 동안 내가 좋아하는 일과 좋아하는 사람들만 만나서 실컷 웃고 떠들다가 돌아가고 싶다.

세상의 모든 슬픔, 세상의 모든 분노,

세상의 모든 상처, 세상의 모든 미움,

세상의 모든 질투, 세상의 모든 아픔,

다 내려놓고, 마음까지 내려놓고,

천천히 걷고 있지

이렇게 걷다가

어느 날,

느닷없이 쓰러질 테지

__ 〈천천히 걷고 있지〉, 1985년 10월 15일 作

길 위에서 배운 것들

초판 1쇄 인쇄 2018년 5월 10일
초판 1쇄 발행 2018년 5월 17일

지은이 신정일
발행인 임채성
디자인 김현미

펴낸곳 도서출판 루이앤휴잇
주 소 서울시 양천구 목1동 923-14 드림타워 제10층 1010호
전 화 070-4121-6304   **팩 스** 02)332-6306
메 일 pacemaker386@gmail.com
블로그 http://blog.naver.com/asra21
포스트 http://post.naver.com/my.nhn?memberNo=6626924

출판등록 2011년 8월 30일(신고번호 제313-2011-244호)

종이책 ISBN 979-11-86273-45-6   03810
전자책 ISBN 979-11-86273-46-3   05810